講談社文庫

暁の火花

公家武者信平《のぶひら》ことはじめ(十六)

佐々木裕一

講談社

目次

『暁《あかつき》の火花――公家武者信平ことはじめ16』の主な登場人物

鷹司松平信平《たかつかさまつだいらのぶひら》……三代将軍家光《いえみつ》の正室・鷹司孝子《たかこ》（後の本理院《ほんりいん》）の弟。鷹司の血を引くが庶子ゆえに姉を頼り江戸にくだり武家となる。

阿部豊後守忠秋《あべぶんごのかみただあき》……信平に反感を抱く幕閣もいる中、家光・家綱の意を汲《く》み信平を支える老中。

松姫《まつひめ》……徳川頼宣《とくがわよりのぶ》の娘。将軍・家綱《いえつな》の命《めい》で信平に嫁ぎ、その子福千代《ふくちよ》を生む。

徳川頼宣……松姫可愛《かわい》さから輿入《こしい》れに何かと条件をつけたが、次第に信平のよき理解者に。

道謙《どうけん》……信平の師。秘剣・鳳凰《ほうおう》の舞を授ける。後水尾《ごみずのお》法皇の叔父にあたる人物。

葉山善衛門《はやまぜんえもん》……家督を譲った後も家光に仕えていた旗本。家光の命により信平に仕える。

お初《はつ》……老中・阿部豊後守《あべぶんごのかみ》の命により、信平に監視役として遣わされた「くのいち」。

五味正三《ごみしょうぞう》……町方同心。事件を通じ信平と知り合い、身分を超えた友となる。

江島佐吉《えじまさきち》……強い相手を求め「四谷《よつや》の弁慶《べんけい》」なる辻斬《つじぎ》りをしていたが、信平に敗れ家臣に。

鈴蔵《りんぞう》……馬の所有権をめぐり信平と出会い、家来となる。忍びの心得を持つ男。
千下頼母《せんげたのも》……病弱な兄を想《おも》い家に残る決意をした旗本次男。信平に魅せられ家臣に。
四代将軍・家綱……幼くして将軍となる。本理院を姉のように慕い、永く信平を庇護《ひご》する。
稲葉美濃守正則《いなばみののかみまさのり》……老中。公家の出の信平を疎《うと》んじている。
永井三十郎《ながいさんじゅうろう》……家綱より、信平の与力に任ぜられた公儀隠密《おんみつ》。
菊丸《きくまる》……変装の技に長《た》けている永井三十郎配下の忍び。鈴蔵と息を合わせ働く。
黒田長章《くろだながあきら》……筑前朝倉藩《ちくぜんあさくらはん》藩主。参勤交代の旅で赤鞘《あかざや》の剣士に襲われる。
坂手文四郎《さかてぶんしろう》……黒田長章の側室だった江乃《えの》の弟。筑前朝倉藩の馬廻衆《うままわりしゅう》を務める。
神宮路翔《じんぐうじしょう》……徳川に復讐《ふくしゅう》を誓った秀吉《ひでよし》側近、神宮路幸親《ゆきちか》の末裔《まつえい》。幕府転覆を目論《もくろ》む。
宗之介《そうのすけ》……神宮路翔の弟子。ひょうたん剣士と呼ばれ信平と互角の剣の力を持つ。
淀屋正一《よどやしょういち》……淀城下の鉄物問屋《かなものどんや》。神宮路の配下。
光音《みつね》……陰陽師《おんみようじ》、加茂光行《かもみつゆき》の孫。

暁《あかつき》の火花——公家武者信平《のぶひら》ことはじめ（十六）

第一話　渡月橋《とげつきょう》の白鷺《しらさぎ》

一

山桜の花びらで染まった街道を、粛々《しゆくしゆく》と大名行列が進んでいる。

行列といっても、藩主が乗る大名駕籠《かご》と、警固《けいご》の供侍《ともざむらい》のみで、足軽と荷物持ちの中間《ちゆうげん》などは、一足先に次の宿場である京へ向かっている。

大仰《おおぎよう》な隊列を組んでゆるゆると進むのは宿場町の周辺だけで、街道の大半は、列を解いて足を速めている。

京を目指して街道を急いでいるのは、筑前朝倉藩《ちくぜんあさくらはん》の一行だ。

五万石の大名ゆえ、行列は加賀藩にくらべ人数は少ないが、財政が困窮《こんきゆう》する小藩にとって、参勤交代《さんきんこうたい》の旅にかかる費用は重い。それゆえ、少しでも旅費を節約するために、宿場以外の道はほとんど走っている。

藩主の黒田長章《くろだながあきら》は、走るため揺れの酷《ひど》い駕籠の中で吐き気に耐えていたのだが、たまりかねて、外に声をかけた。

「文四郎《ぶんしろう》、一休みせぬか」

駕籠の右側に付き添って走っていた若い供侍から、休息の場はまだ先でございます、と返答がきたので、長章は落胆《らくたん》してため息をついた。

山道と街道の追分《おいわけ》にさしかかった一行は、京に通じる右側の街道へ進むつもりだったのだが、露払《つゆはら》いの者がいぶかしげな顔をして立ち止まった。

いつも使っている街道側に役人が立っていて、縄を張っていたのだ。

「何ごとにござる」

露払いの者が問うと、役人は、この先で崖崩《がけくず》れが起きて通れなくなっていると答えた。

京へ行くには、引き返して川舟を使うか、山道へ進むしかないという。

用人の香山《こうやま》が駕籠の戸の前で片膝をついた。

「殿、引き返せば路銀がかさみますので、山道を進みまする」

「山道か」長章はうんざりした顔をした。「引き返せば、京への道のりが遠くなるのか」

「はい」

「うむ。ではさよういたせ」

「はは」

香山が立ち上がり、皆に命じる。

「左へ行く。出立《しゅったつ》じゃ」

「おう」

藩士たちから返答があり、行列は山道へと向かって動きだした。

殿《しんがり》が通り過ぎ、山道に見えなくなると、役人たちは縄を解いて散開した。

そうとは知らぬ一行が、山の中腹まで登ってゆく。

道は次第に険《けわ》しくなり、細い道の左側はちょっとした崖になっていて、下から急流の音がする。

駕籠を開けて外を見ていた長章は、眼差《まなざ》しを空に向けて、木漏《こも》れ日《び》に目を細め、不安そうな顔をする。

「文四郎、寂しげな道じゃな。このまま進んで、京に着けるのか」

「嵐山《あらしやま》の麓《ふもと》に出られる一本道だそうですので、大丈夫かと」

「さようか」

嬉《うれ》しそうな顔の長章に、文四郎が笑顔で応じる。

駕籠が急に止まったのは、その時だ。前方で、露払いの怒鳴り声がする。

「何ごとじゃ」

「殿、曲者《くせもの》でござる」

文四郎が言うので行列の前方を見ると、道を塞《ふさ》いで、赤鞘《あかざや》の刀を帯びた若者が立っていた。

新緑に溶け込む色の着物に藍染《あいぞめ》の袴《はかま》を着け、総髪《そうはつ》を束ねた美男子は、神宮路翔《じんぐうじしょう》の命《めい》を受けて来た宗之介《そうのすけ》だ。

用人の香山が声を荒らげた。

「無礼者！　道を空けい！」

宗之介は答えずに笑みを浮かべ、刀の鯉口《こいぐち》を切った。

「む！　曲者じゃ、斬れ、斬れ！」

香山に命じられ、文四郎は柄袋《つかぶくろ》を取ろうとしたのだが、焦《あせ》ったせいで紐《ひも》がからんで取れない。そのあいだに、他の藩士たちが宗之介に殺到した。

宗之介は一人目の攻撃を頭上にかわし、抜刀術をもって足を斬って進み、二人目の一撃をかい潜《くぐ》ってすれ違う。

足を斬られた藩士は悲鳴をあげて倒れ、二人目の藩士は脇腹を斬られ、傷口を押さえて歯を食いしばりながら両膝をつき、ゆっくりとうつ伏せに倒れた。

宗之介は振り向きもせず、怯《おび》えて後ずさる藩士たちに余裕の顔を向けている。

香山が叫んだ。

「怯《ひる》むな。殿をお守りするのだ。斬れ！」

藩士たちが前に出ようとした時、林から黒装束《くろしょうぞく》を纏《まと》った宗之介の配下が現れ、横から襲いかかった。

不意を突かれた藩士たちは対応に遅れ、行列は混乱して散り散りになる。

悲鳴と怒号が飛び交う乱戦の中、宗之介は薄笑いを浮かべて藩士を斬り進み、長章に迫ってくる。

深手《ふかで》を負わさず、手足を斬って動きを封じる鮮やかな剣さばきに、文四郎は恐ろしくなった。

「殿、お逃げください」

文四郎に手を引かれた長章が、駕籠から這《は》い出る。

小姓《こしょう》が差し出す太刀をにぎり、山道を下った。

文四郎が従ったが、敵が追ってきた。

文四郎は、藩主を守りたい一心で刀を抜き、前に出る。

「おのれ！」

刀を振り上げて走った文四郎は、横から殺到する敵に気付くのが遅れた。打ち下ろされる刀を受け止めたのだが、敵の力が勝《まさ》り、突き飛ばされた。

そのあいだに、敵が長章に襲いかかった。

長章は太刀を抜いて一人斬り、肉迫した二人目の刀を受け止め、鍔《つば》迫《ぜ》り合いになった。

「殿！」

文四郎が叫び、助けに行こうとしたが、目の前に宗之介が現れた。

「どけ！」

刀を構えた文四郎が、気合をかけて前に出る。

宗之介を斬らんとして刀を打ち下ろし、両者がすれ違った。

呻《うめ》き声をあげたのは文四郎だ。

足を斬られながらも、文四郎は宗之介に振り向いたのだが、腹を蹴られ、崖から落ちた。

「文四郎！」

叫んだ長章が、刀をにぎりなおして目の前の敵を斬ろうとした時、音もなく迫った宗之介に隙を突かれ、背中を峰打ちされた。

「うっ！」

激痛に顔を歪《ゆが》めた長章は、両膝をつき、ゆっくりと横向きに昏倒《こんとう》した。

宗之介が、冷めた目で見下ろす。

「弱いな。つまらないや」

そう言うと、きびすを返した。

急斜面を滑り落ち、笹《ささ》の茂みを転がって川に落ちた文四郎は、水を吸って重くなった着物のせいで沈みそうになるのを必死にもがきながら泳いだ。流される自分を追って道を走る敵がいることに気付いた。

「殿！」

「殿！」

家臣たちの叫び声が、山に響く。

岸に泳ぎ着けば命が危ういが、長章を助けたい一心で、文四郎はもがいた。しかし、一段と激しくなった流れに、飲み込まれてしまった。

川面《かわも》から姿が消えたのを見届けた敵が、宗之介のところへ駆け戻る。

「殺したのかい」

「川に流され、姿が見えなくなりました」

「見失ったのはまずいなぁ」

「申しわけございません。ですが、深手を負わせていますので、この川の流れでは生きられぬかと」

片膝をつく配下を見下ろした宗之介は、倒れている藩士たちに顔を向けた。

動ける藩士たちは、宗之介の行く手を塞ぎ、必死の形相《ぎょうそう》で刀を構えている。

宗之介が、余裕の笑みで刀を構え、藩士に襲いかかった。

凄《すさ》まじいまでの剣に太刀打ちできず、藩士たちが次々と打ちのめされていく。

突風が吹き抜けたように、宗之介が過ぎ去ったあとには藩士たちが倒れ、苦痛にもがきながら呻き声をあげていたが、気を失った。

峰に返していた刀を赤鞘に納めた宗之介は、何ごともなかったような顔できびすを返し、山道をくだった。

その後ろに、簾《すだれ》を下げた町駕籠を担いだ配下が続き、残された大名駕籠の中では、藩主長章が、着物の腹の部分に血をにじませ、気を失っていた。

二

京の山々に芽吹いていた新緑が濃くなり、日差しも強くなりはじめた。

玉野《たまの》伊次《これつぐ》が江戸に向けて出発したので、鷹司《たかつかさ》松平信平《まつだいらのぶひら》は、葉山善衛門《はやまぜんえもん》たちと玉野家を出て、所司代《しょしだい》、牧野土佐守親成《まきのとさのかみちかしげ》の屋敷に逗留《とうりゅう》している。

徳川《とくがわ》幕府の転覆をたくらむ神宮路翔の探索は、永井三十郎《ながいさんじゅうろう》の手を借りて続けているのだが、これまでなんの手がかりも得られず、行き詰まっていた。

信平は、千成屋《せんなりや》があった周辺の再探索をするべく、朝の支度をしていた。

牧野の台所方が調《ととの》えてくれた朝餉《あさげ》の膳に着き、善衛門たちと食べていたのだが、共に食べていた五味正三《ごみしょうぞう》が味噌汁《みそしる》の器を持って眺《なが》め、ため息をついた。

善衛門が箸《はし》を止めて顔を向ける。

「おい。朝からなんじゃや。飯がまずうなるではないか」

五味が恨めしそうな顔を向ける。

「どうして、江戸に帰られるのが玉野殿だけなのですか」

「それを言うな」

「ご隠居は、江戸の水が恋しくないのですか」

善衛門は、探るような眼差しを向けた。

「おぬしは、お初《はつ》が恋しいのであろうが」

「分かります？」

身を乗り出す五味に、善衛門は迷惑そうに鼻を鳴らした。

「その先は言うな。もう聞き飽きた。そんなにお初に会いたいのなら、一人で江戸に帰れ。誰も止めはせぬ」

五味が不機嫌そうに鼻を鳴らした。

「信平殿を差し置いてまで帰りたいとは言うておりませぬぞ。ただ、こうも静かでは、信平殿が京にいる意味がないのではと、思ったまで。信平殿、江戸の御城から、帰れと言うてこないのです？」

「…………」

「信平殿！」

かぶの千枚漬けに表情をゆるめていた信平は、訊《き》く顔を向けた。

「すまぬ、聞いていなかった」

五味が呆《あき》れた。

「これですぞ、ご隠居。信平殿の頭の中は、松姫《まつひめ》様と福千代《ふくちよ》君《ぎみ》のことでいっぱいです。佐吉《さきち》殿も、国代《くによ》殿と会いたいでしょう」

飯をかき込んでいた江島《えじま》佐吉が箸を止めた。

「会いたいのはやまやまですが、天下《てんか》を揺るがす大悪党を放ってはおけぬでしょう」

「その大悪党が出そうにないから言うておるのだ。ふたたび江戸に行ったのではないかな。おれはどうも、そんな気がする」

「あてにならぬ勘ですな」

佐吉は置いていた飯茶碗《めしぢゃわん》を取り、また飯をかき込んだ。

五味は味噌汁を一口吸い、ふたたびため息をついた。

「ああ、お初殿の味噌汁が恋しい。今頃、何をしておられるのか」

嘆く五味に、善衛門と佐吉が顔を見合わせて笑った。

江戸の老中、稲葉《いなば》美濃守正則《みののかみまさのり》の使者が信平を訪ねたのは、食事を終えて出かけようとしていた時だった。

客間に入った信平が、上座に着いている牧野のそばに座ると、使者は頭を下げて高《こう》坂《さか》と名乗り、稲葉老中の書状を差し出した。

書状には、筑前朝倉藩の京屋敷で病気療養している藩主長章を見舞い、様子を探って知らせるよう記されていた。

信平は、二十八歳の長章と言葉を交わしたことはないが、江戸城で何度か顔を見ている。

「あい分かった」

快諾《かいだく》すると、高坂は膝を進め、声音《こわね》を低くして言う。

「藩侯は参勤交代で国許《くにもと》から江戸に戻る途中で病《やまい》になられたようですが、我が殿（稲葉）は、疑っておられます」

「仮病とな」

高坂は首を横に振る。

「長章侯が、すでにこの世におられぬのではないかと案じておられます」

驚いた牧野が口を挟んだ。

「御老中は、何を根拠に案じておられるのだ」

高坂が神妙な顔を向けた。

「そこまでは申されませぬ。ただ、生死を信平様に確かめていただきたいと仰《おお》せです」

高坂に眼差しを向けられ、信平はうなずいた。

「では、これからまいろう」

「それがしは、こちらでお帰りを待たせていただきます」

頭を下げる高坂の前で立ち上がった信平に、牧野が案内人を付けると言う。

応じた信平は、善衛門と千下《せんげ》頼母《たのも》を従えて所司代屋敷を出た。

朝倉藩の屋敷は、南禅寺《なんぜんじ》近くの粟田口《あわたぐち》にある。

三条橋《さんじょうばし》を渡り、南禅寺境内《けいだい》の森が前方に見えはじめたところで、案内役が告げた。

「寺の境内を抜けますと早く着くことができますが、どうなさいますか」

善衛門が答えた。

「三門《さんもん》を潜るのか」

「はい」

「おお、それは丁度良い。見てみたいと思うておった。殿、素通りをしたのでは仏に無礼というもの。参詣《さんけい》をしてもよろしゅうござるか」

「ふむ」

「では、御案内役。よしなに」

「はは」

参詣をしたのでは近道にならぬと信平は思ったが、張り切る善衛門を止める気にはならず、南禅寺に向かった。

三門を目指す参詣客はまばらで、遠くに三人の人影があるだけだ。

三門の下へ着いた時には、本堂に人影があるのみで、周囲に人気《ひとけ》はない。

「立派なものですな」

善衛門は、一度来てみたかったと言い、喜んだ。

三段の石段を上がり、太い柱の門を潜ろうとした信平は、背後に殺気を覚えて足を止めた。すると、石段の下に八人の侍が現れた。

「鷹司松平信平殿とお見受けいたす」

頭《かしら》とおぼしき侍が言う。

襷掛《たすきが》けに袴を着けているが、着物に家紋はなく、目から下を布で隠している曲者だ。

信平は、刀の鯉口を切って前に出ようとする案内役を止め、歩みを進めた。

「いかにも信平じゃ。そのほうらは何者じゃ」

曲者は答えず、一斉に抜刀した。

「恨みはないが。お命、頂戴つかまつる」

頭が言うや、八人が殺到してきた。

石段を駆け上がる敵に向かう信平。

先頭の敵が気合をかけて打ち下ろす刀をかわし、白い狩衣《かりぎぬ》の袖を振るう。

左の隠し刀で手首を割かれた敵が、苦痛に顔を歪めて振り返った時には、信平は次の敵に向かい、同じように手首を斬って動きを封じていた。

その素早さ、凄まじさに、曲者どもは躊躇《ためら》い、飛びすさって間合いを空けた。

善衛門と頼母が抜刀して加勢に入ると、曲者は戦意を失いかけたが、頭が叱咤《しった》する。

「引くことは許されぬぞ！」

この言葉で、曲者どもに殺気がよみがえった。

刀をにぎりなおし、信平に挑みかかる。

左門字《さもんじ》を真っすぐ構えた善衛門があいだに入り、猛然と前に出た。

敵と斬り合い、すれ違う。

振り向いた敵が、背を向けている善衛門に刀を振り上げたが、目を大きく見開き、呻き声をあげて崩れ伏した。

善衛門が、目の前の敵に切っ先を向ける。

「家光《いえみつ》公より拝領の左門字に、敵なし！」

大音声《だいおんじょう》にびくりとした敵であるが、退《ひ》かなかった。

ふたたび殺到したが、信平が狐丸《きつねまる》を抜いて敵に斬り込み、瞬く間に三人を峰打ちに倒す。

狐丸の太刀筋が見えぬほどの凄まじさに、残った敵が息を呑《の》み、仲間を捨てて逃げた。

頼母が追おうとしたが、信平が止める。

「鈴蔵《りんぞう》にまかせるがよい」

境内の森から現れた鈴蔵が信平に顎《あご》を引き、逃げていく敵を追って走り去った。

信平が、倒れている者どもに眼差しを向ける。

「善衛門」

「はは」

「今日の見舞いはやめじゃ。この者たちを連れて所司代屋敷に戻り、鈴蔵の帰りを待とうぞ」

「承知しました。頼母、ひとつ走り町へ行き、役人を呼んできてくれ」

「はい」

素直に応じた頼母が、境内から走り去った。

三

鈴蔵は、夕暮れ時になって戻ってきた。

皆が集まっていた部屋の廊下に現れた鈴蔵が、片膝をつく。

「曲者の正体が分かりました」

善衛門が労《ねぎら》った。

「ご苦労だった。所司代殿が捕らえた者を問い質《ただ》されたが、口を割らぬ。逃げたのは何者じゃ」

「追っ手を警戒した曲者は、笠《かさ》で顔を隠して町中を歩き回っておりましたが、つい半《はん》刻《とき》（約一時間）ほど前に、朝倉藩の屋敷へ入りました」

「なんと」

驚いた善衛門は、見開いた目を信平に向けた。

うなずいた信平が、鈴蔵に顔を向ける。

「これへ来て、詳しく聞かせてくれ」

「はは」

鈴蔵は歩みを進め、牧野と信平の前に座った。

牧野が訊く。

「信平殿を襲うたのは、朝倉藩士に間違いないのか」

「屋敷に入ったのは間違いございません」

牧野が期待を込めて身を乗り出す。

「当然、屋敷に忍び込んだのであろう?」

鈴蔵は首を横に振った。

「試みましたが、あきらめました」

信平が、首をかしげた。

「鈴蔵でも、入れぬか」

「はい。外見はどこにでもある武家屋敷ですが、内側は別物。塀の下に深い堀がめぐらされ、気付かずに飛び下りれば、鋭《とが》く尖った竹槍《たけやり》で、串刺《くしざ》しにされるところでした。出入りするには、表と裏の門しかございませぬが、警固が厳しく、近寄れませぬ」

牧野が渋い顔をした。

「そのような仕掛けを施《ほどこ》しているとは、尋常《じんじょう》ではないな。信平殿、朝倉藩と聞いて、気になることを思い出した」

信平が訊く顔を向けると、牧野は口を開いた。

「朝倉藩は、ご存じのとおり福岡藩黒田家《ふくおかはんくろだけ》の縁者だが、先代の時に起きた川の氾濫《はんらん》と日照りによって飢饉《ききん》が続き、領民の救済と河川の修復で財政が悪化。本家からも援助が出されたが足りず、京と大坂《おおさか》の大商人に多額の借財がある。当代になられてからは倹約に努《つと》められ、財政の立てなおしを図られたのだが、うまくいっていないと聞いている」

信平がうなずいた時、頼母が口を挟んだ。

「殿のお命を狙ったのは、布田藩《ふだはん》のように、千成屋からも借財をしていたためではございませぬか。神宮路に殿を襲うよう命じられて、狼藉《ろうぜき》を働いたのではないでしょうか」

牧野が、それは分からぬと言って首を横に振った。

善衛門が呻いた。

「殿、もしも神宮路が絡んでおるなら、由々《ゆゆ》しきことですぞ。今の御公儀は、朝倉藩のみならず、本家の福岡藩も潰《つぶ》すと言いかねませぬ」

信平は、憂《うれ》えた。

「黒田家は、九州の有力大名。これが取り潰しになれば、数千もの浪人が出よう」

永井三十郎が、信平に続いて言う。

「布田藩から放逐《ほうちく》された者の中には、神宮路の下へ参じた者がいると聞きます。もしも朝倉藩が潰れる事態となれば、同じようなことになりましょう。本家の黒田家は、御公儀からの改易《かいえき》の累《るい》が及ぶのを恐れ、先手を打つやもしれませぬ」

牧野が、険しい顔を向けた。

「神宮路になびくと申すか。取り潰しの沙汰《さた》に抗《あらが》うならまだしも、咎《とが》められぬうちから神宮路に与《くみ》するなど、ありえぬ」

「そうでしょうか。黒田は、織田信長《おだのぶなが》公が一目《いちもく》置き、豊臣秀吉《とよとみひでよし》公が重用した黒田如水《じょすい》の末裔《まつえい》。御公儀が分家に改易の沙汰を出そうものなら、九州で挙兵するやもしれませぬ」

「黒田が敵になるのは、由々しきことじゃ」

案じた善衛門が、不安そうな顔を信平に向けた。

信平は言う。

「神宮路が朝倉藩に関わっているなら、真の狙いは、本家の黒田家を味方に引き入れることやもしれぬ。麿《まろ》を襲うた曲者が、まことに朝倉藩士か否かを、慎重に調べねばならぬと思う」

牧野がうなずいた。

「捕らえている者は、朝倉藩士を装った神宮路の配下かもしれぬ。締め上げて口を割らぬなら、解き放ってみるのも、ひとつの手だ。どこに帰るか突き止めて、そこから手繰《たぐ》っていけば、黒幕の正体が分かろう」

信平が賛同すると、牧野は、明日の朝解き放つと決めた。廊下に牧野の側近を務める増田《ました》が現れたのは、その時だ。

「申し上げます。捕らえていた者が、ようやく口を割りました」

「おお、でかした」

牧野が明るい顔をした。

「して、何者だ」

「朝倉藩士だと申しております。信平様を襲ったのは、主命だそうです」

「なんと！」

牧野は尻を浮かせるほど驚き、焦りをあらわに命じる。

「藩侯は何ゆえ信平殿を狙ったか問いただせ」

「聞いております。藩の借財を帳消しにすると、神宮路にもちかけられた藩侯がその気になり、命じられるままに動いたそうにございます」

「主命とあらば、抗えまい。しかし、馬鹿なことを」

深刻な顔を牧野に向けられた信平は、顔色を変えず、目を閉じた。話を聞きながら、江戸城で見かけた長章の、明るい表情が脳裏《のうり》をかすめたのだ。

ゆっくりと目を開けた信平が、顔を突き出して注目する牧野に言う。

「その曲者が申すことを真《ま》に受けぬほうがよいでしょう」

牧野が意を得たりという顔をする。

「やはり、藩士は神宮路の手下で、朝倉藩を貶《おとし》める策略と思われるか」

信平はうなずいた。

「曲者に、明朝首を刎《は》ねる沙汰をお伝えくだされ。答えは、おのずと見せてくれましょう」

「あい分かった」

牧野は立ち上がり、増田と共に表屋敷に行った。

打ち首を申し渡された四人の曲者たちは、首を垂れ、罰を甘んじて受けるかに思えたが、夜中に牢《ろう》を破って逃げた。

密《ひそ》かに見張っていた鈴蔵と、三十郎の配下で、変装に長《た》けた菊丸《きくまる》が跡をつけたが、曲者は、昼間に見せた様子とはずいぶん違い、二人の追跡をいとも容易《たやす》くかわしたのである。

知らせを受けた信平は、牧野と顔を見合わせた。

「やはり、わざと捕まっていたようです」

「信平殿が睨《にら》んだとおりだったか。朝倉藩に逃げ込んだ者も、藩士ではないかもしれぬな」

「屋敷の内側に堀をめぐらせて備えているのが気になります。明日おもむき、長章殿にお会いして確かめてみましょう」

「神宮路の手が回っておるなら、命が危ないと思うが」

「襲って来れば、それが答え」

信平は、命をかけて屋敷に行くことを決意し、朝を待って出かけた。

善衛門と頼母に加えて、佐吉と五味も同道し、信平の一行は三条橋を渡って南禅寺の境内に入った。襲撃を警戒しながら境内を横切ると、僧堂の裏手の門から出た。朝倉藩の屋敷は、ここからほど近い場所にある。

程なく、ひっそりとした佇《たたず》まいの門前に到着し、佐吉が門扉《もんぴ》を打ち、訪《おとな》いを入れた。

鷹司松平を名乗り、公儀の役目で参上したと告げると、脇門から門番が出てきて、深々と頭を下げた。続いて現れた壮年の侍が、白い狩衣を着けた信平の前に歩み寄り、神妙な顔で頭を下げる。

「お役目、ご苦労様にございます。将軍家縁者であらせられる鷹司様のおでましは、あるじの江戸帰参が遅れていることについてでございましょうか」

信平がうなずく。

「麿は長章殿と面識があるゆえ、見舞《みも》うて様子を知らせるようにと、御公儀より命じられてまいった。江戸では、藩侯のご容体を案じられているようじゃ」

「畏《おそ》れ多いことでございまする。申し遅れました。それがし、当家の用人を務めております、香山と申します」

「ふむ。長章殿の見舞いをさせていただけるか」

「その儀は、平《ひら》にご容赦《ようしゃ》を願いまする」

香山は涙声となり、深々と頭を下げた。

「病は、重いのか」

「さよう。薬師《くすし》の見立てでは、明日をも知れぬとのこと。お会いできる状態ではなく、何とぞ、お引き取りを願いまする。申しわけございませぬ」

「されど、御公儀には通用せぬ。遠くから顔を見るだけでよいのじゃ」

「平に、平にご容赦を」

香山が足下に両手をつくので、信平は、手を差し伸べて立たせた。

善衛門が信平を一瞥《いちべつ》し、香山に言う。

「ここで拒めば、御公儀からいらぬ疑いをかけられるが、それでは藩のゆく末に関わろう。香山殿、一目でよいのじゃ。我が殿に、藩侯が生きておられる姿をお見せいたせ」

香山が驚いた。

「御公儀は、我が殿がこの世にいないとお思いでございますか」

「さよう。疑《うたご》うておられるようじゃ」

善衛門が隠さず教えると、香山は険しい顔をして押し黙った。

信平が問う。

「藩士に命じて麿を襲わせたのは、御公儀の動きを察知してのことか」

「まったくもって、知らぬことにございます」

驚きもせず否定するところがいかにも怪しい。

信平がさらに問う前に、善衛門が口を開いた。声には怒気が籠もっている。

「殿を襲うた曲者が、こちらの屋敷に入ったのは分かっておることぞ」

「知りませぬ」

「白《しら》を切っても無駄じゃ。捕らえた者が、藩主長章侯に命じられて襲うたと、白状しておるのだ。病は偽《いつわ》りであろう。香山殿、はっきり申そう。朝倉藩は神宮路翔に与し、将軍家転覆を狙う気か」

「まったくもって、身に覚えのないこと。信平様を襲うた輩《やから》は、当家にはまったく関わりなき者にございます。殿は、ほとんど意識がない状態にございます。信平様を斬れなどと、言われるはずがござらぬ。濡《ぬ》れ衣《ぎぬ》でございます」

香山は、さすがに焦りの色を見せている。

善衛門はここぞと詰め寄る。

「ならば、藩侯に会わせていただこう。この目で見て、我らが判断いたす」

「困りました。殿はまことに、人にお会いできないのです。家人も近づけぬ病でございますゆえ、どうか、平にご容赦を」

善衛門が目を見開く。

「まさか、疱瘡《ほうそう》か」

「どうか、ご容赦を」

ひた隠しにされて苛立《いらだ》つ善衛門を信平が抑え、香山に告げる。

「御公儀の命ゆえ、会わぬわけにはいかぬが、今日のところは帰るといたそう。御公儀には、猶予《ゆうよ》を願う。長章殿に見舞いが叶《かな》うようになれば、所司代屋敷まで知らせてくれぬか」

「承知しました。お約束いたしまする」

信平はうなずき、早々に立ち去った。

追ってきた善衛門が小声で言う。

「殿、よろしいのですか」

「気付かなかったか」

「何をでござる」

「火縄の匂いじゃ。塀の中からしてきた」

絶句して立ち止まる善衛門に、佐吉が足を速めて近づき、背中を押して歩ませた。

「それも、一挺《いっちょう》や二挺ではないですぞ」

驚いた善衛門が振り向こうとしたので、佐吉が止めた。

「気付いたと悟られては、また殿が襲われますぞ」

「おお、そうであるな」

背中を丸めて歩む善衛門。

信平は、朝倉藩を見張るべきと判断し、南禅寺に立ち寄って一間《ひとま》を借り受けた。見事な枯山水《かれさんすい》の庭を見ることのできる部屋に通された信平は、僧侶が茶菓を出して下がるのを待ち、皆に言う。

「麿を殺す気ならば、屋敷に引き入れて鉄砲で撃つこともできたはずじゃが、そうしなかったのは、何ゆえであろうか」

善衛門が険しい顔をする。

「謀反《むほん》の企《くわだ》てが露呈するのを恐れたからにござろう」

「ならば、何ゆえこの南禅寺で麿を襲うたのじゃ」

「確かに、妙ですな」

顎をつまんで考える善衛門を横目に、頼母が言う。

「三門で殿を襲うたのは、朝倉藩士ではなく神宮路の配下ではないでしょうか。朝倉藩の京屋敷に神宮路の魔の手が及び、我らにも言えぬ何かが起きているとすれば、殿を入れまいと必死なのも納得できます」

佐吉が言う。

「神宮路に、脅されているということか」

「はい」

善衛門が信平に顔を向けた。

「殿、用人を所司代屋敷に呼び出して、何が起きているのか問いますか。一人になれば、打ち明けるやもしれませぬぞ」

「いや、ここで会おう」

「しかし、警固が難しゅうござる」

「脅されて動いているなら、一刻を争う。所司代屋敷に戻る間も惜しい」

「承知しました。では、使いは誰に行かせまするか」

「佐吉、頼む」

「おまかせあれ」

立ち上がった佐吉が、朝倉藩の屋敷へ向かった。

香山を連れて戻ったのは、半刻も経《た》たぬうちだ。

部屋に通された香山は、突然の呼び出しにもかかわらず、困惑した様子もなく、落ち着いてあいさつをした。その顔つきと所作は、呼び出されることを想定していたように思えるほどで、信平は、一筋縄《ひとすじなわ》ではいかぬ気がした。

神宮路に脅されておらぬか、と、率直に問うてみたところ、香山は、不思議そうな顔をして訊いてきた。

「おそれながら、信平様は、我が藩の内情をどこまでご存じですか。千成屋にしている借財のことは……」

「聞いておる」

「やはり、そうでしたか。実は、そのことで当方も困っております。確かに、千成屋から借財をしておりますが、それは過去のこと。今は、びた一文ございません。ないものをあると、偽っていたのです」

「何ゆえじゃ」

「本家黒田家から、口止めをされておりました。借財がないことを御公儀に知られれば、江戸城の普請《ふしん》やら、街道の整備といった、多額の費用がかかる役目を押し付けられます。そうなれば、せっかく立てなおした財政が、元の木阿弥《もくあみ》になってしまい、そのしわ寄せが領民にいってしまいます。ない借財をあると偽るのは、他藩も同じ。特に、我らのような外様《とざま》は、金蔵に蓄《たくわ》えがあるというだけで、御公儀に謀反を疑われますので」

「………」

黙っていると、香山が探るような眼差しをした。

「信平様も、我らを疑うておられるのでしょうが、襲うた曲者は、決して藩士ではございませぬ。布田藩のことは聞き及んでおります。おそらく、我が藩を陥《おとしい》れ、あわよくば本家をも潰さんとたくらむ者の仕業《しわざ》かと」

「では訊こう。麿が訪ねた時、火縄の匂いがしたのはどういうことじゃ」

香山は驚き、すぐに参ったという顔に変わって、首の後ろに手を当てた。

「さすがは噂《うわさ》に名高いお方。お見通しでしたか」

「…………」

探る眼差しに気付いた香山が、慌てて否定した。

「決して、信平様を狙ったものではございませぬ。あれは、殿の命を狙う曲者に対する備えにございます」

信平は、同席している善衛門と顔を見合わせた。

善衛門が問う。

「長章侯は、誰に狙われておるのだ」

香山が躊躇う顔をしたが、信平に両手をついて頭を下げた。

「信平様にすべて打ち明けますが、その前に、他言せぬとお約束を賜《たまわ》りたく」

「あい分かった」

「殿、勝手をされますと御公儀がうるさいですぞ」

善衛門が止めようとしたが、信平は手で制した。

「麿は、上様から一任されておる。そうであろう」

「それは、そうですが」

「案ずるな。話を聞くだけじゃ」

善衛門が引き下がったので、信平は、香山を促した。

「実は、参勤の旅の途中で、赤鞘の剣客に襲われ、殿は危うく、命を落とされるところでした」

善衛門が驚いた。

「赤鞘じゃと。総髪の若い男か」

「さよう。恐ろしいほどの遣い手でした」

信平は、鋭い眼差しを向けた。

「腰に、金のひょうたんを下げていたか」

「はい」

「神宮路の配下じゃ」

江戸城で一度剣を交えたことを教えると、香山は、目を見開いた。

「信平様でも、手に負えぬ相手でございましたか。殿のお命が助かったのは、まさに神がかり」

安堵《あんど》して目を閉じる香山に、信平が問う。

「長章殿の病というのは、偽りであったか」

「申しわけございませぬ。お察しのとおり、殿は信平様がおっしゃった剣士に深手を負わされ、臥《ふ》せっておられます」

「お命に関わるのか」

「幸い助かりましたが、今はまだ油断できぬ状態です。信平様を襲うた輩が当家の屋敷に入ったとおっしゃいましたが、実はその者どもは、殿の命を奪いに来たに違いなく、引き入れた中間もろとも、成敗《せいばい》をいたしました」

信平を襲った者と知っていれば正体を暴くために殺さなかったと言い、香山は、これまで隠していたことを詫《わ》びた。

信平には、腑《ふ》に落ちぬことがある。

「麿の手の者は、屋敷で騒ぎがあったとは申さなかったが」

「さよう。その者どもは、本家から使いでまいったと申しましたので、座敷に上げたのです。家中の者が油断なく見張っていたところ、曲者どもが豹変《ひょうへん》して刀に手をかけましたので、抜かれる前に討ち果たしました」

「なるほど」

屋敷の内側に堀をめぐらせていることを問うと、香山は驚いたようだったが、刺客《しかく》に備えるためだと言った。これまで幾度か、何者かに命を狙われたことがあるので、用心のためにしたことだという。

「信平様。殿が襲われたことと、内堀のこと、くれぐれもご内密に願います。そのうえで、お願いがございます」

「聞こう」

「我があるじは、少なくとも一月《ひとつき》は旅に出られませぬ。何とぞ、病のため動けぬことにしていただけないでしょうか」

善衛門が異を唱《とな》えた。

「そこもとの言葉を信じないわけではないが、一度もお会いせぬのにそのような報告はできぬ。もしも怪我《けが》のことが御公儀に知れた時、殿がお咎めを受けるではないか」

「ごもっともでござる」

あきらめたらしく、香山は沈んだ顔をうつむける。

「麿は、今の話を聞かなかったことにしよう。御公儀には、七日後に長章殿と面会すると伝えて引き延ばす。七日後には、お会いできようか」

「今のご様子だと、おそらく大丈夫かと」

「ふむ。では、そういうことで」

「はは」

香山は頭を下げ、屋敷に帰っていった。

善衛門が膝を進める。

「殿、信じてよろしいのか」

「答えは、七日後に出よう」

呑気《のんき》に言う信平は廊下に出て、枯山水を眺めた。苔《こけ》むした石が風流で、水に見立てられた砂は、目を閉じれば川のせせらぎが聞こえそうだ。

香山を信じると決めた信平は、高坂に知らせるべく、南禅寺をあとにした。

この時、大坂を発した早馬が伏見《ふしみ》を過ぎて江戸に向かっていた。

使者が携《たずさ》えていたのは、朝倉藩に関する重大なものだったのだが、信平は、知る由《よし》もなかった。

四

宿場で馬を替え、昼夜馳《は》せて江戸城に届けられたのは、大坂の町中で、旅の商人が町奉行所の同心とぶつかり落とした、一通の書状だった。

その日は、市中の見廻《みまわ》りをしていた同心が買い物客で混雑している通りを歩んでいた時、前から来た旅の商人がわき見をしていてぶつかってしまい、平あやまりをして去っていた。落とし物に気付いた同心が拾い、落としたぞ、と声をかけたのだが、旅の商人は通りを行き交う人の波に消えてしまっていた。

持ち帰った同心は、油紙などで厳重に封をされた書状を開けて中を確かめた。宛先が分かれば届けてやろうとしたのだが、内容を読むなり、あまりのことに驚愕《きょうがく》した。

書状には、

梅雨《つゆ》の大雨の日を決行日と定めて出陣し、奇襲をもって二条城《にじょうじょう》を奪い、籠城《ろうじょう》することを承知した。されど少ない手勢ゆえ、長い籠城は難しい。大坂城代《じょうだい》が二条城へ向け出陣したのちは、日を空けず攻めていただくように。

と、謀反の計画が記されていたのだ。

この書状は、朝倉藩主、黒田長章が神宮路翔に宛てたもので、長章の花押《かおう》が記されていた。

大坂から届けられた書状に目を通した稲葉老中は、公儀を混乱させるための偽物ではないかと疑った。だがそのいっぽうで、朝倉藩主の長章が京屋敷にとどまっていることがどうにも気になり、阿部《あべ》老中と酒井《さかい》老中を江戸城に呼び、将軍家綱《いえつな》の前で合議した。

書状に目を通した酒井が、稲葉に訊く。

「神宮路の狙いは、大坂城ですか」

「豊臣恩顧《おんこ》の者が考えそうなことだ。大坂城を奪い、天下に騒乱を起こす気に相違ない」

「信平殿から、長章侯の様子について知らせがございましたか」

「まだない。会えていないのであろう」

「面会を拒むは、やましいことがある証《あかし》ではないでしょうか。手遅れになる前に、朝倉藩を取り潰しにされるのがよろしいかと」

「この書状が、本物であればな」

稲葉が、家綱に顔を向けた。

「上様、いかがいたしましょうか」

「……………」

家綱は、年長の阿部に顔を向ける。

「豊後《ぶんご》、どう思う」

目を閉じて黙っていた阿部が、家綱に膝を転じた。

「書状に記された花押は、確かに長章侯のものでございました」

「では、本物なのだな」

「それは、まだ分かりませぬ」

酒井が不服そうな顔を向ける。

「阿部殿、花押が本物であれば、書状も本物でござろう」

「長章侯の花押だと申し上げたが、本人が記したものとは言うておらぬぞ」

口を閉ざす酒井。

家綱が訊いた。

「豊後、花押は別人が記したものだと申すか」

「その疑いもありますので、所司代に命じて調べさせるのが肝要かと。疑わしきところあればただちに屋敷を囲むよう申しつけておけば、手遅れにはならぬかと」

「うむ。そうせい」

「はは」

「お待ちください」稲葉が異を唱えた。「その役目は、信平殿にお命じくだされ。すでに様子うかがいを命じておりますので、何らかの手がかりを得ているはずです」

阿部が反論した。

「信平殿は、神宮路の探索がある。家臣も少ないゆえ手いっぱいであろうから、ここは所司代に行かせるのがよろしかろう」

稲葉が挑むような顔をした。

「豊後守殿、それがしが何ゆえ信平殿に様子うかがいを命じたか、お分かりではないようだ」

考えをめぐらせた阿部が、探る眼差しを向ける。

「美濃守殿、貴殿は、朝倉藩が神宮路と繋《つな》がっていることを知っていて、信平殿に行かせたのか」

「残念ながら、この書状を読むまで疑いもしませなんだ。信平殿ならば、藩侯の病が嘘かまことか、暴いてくれると思うたまで」

稲葉は真顔でそう言ったものの、含み笑いが浮いているように見える。

見抜いた阿部は問う。

「美濃守殿、何かたくらんでおるようじゃな」

「たくらみなど、ござらぬ」

「そうは思えぬ。上様の御前であるぞ。申されよ」

稲葉は目を泳がせた。

「何もござらぬ」

「いいや、隠しておられる。信平殿に行かせる理由は、他にあるのではござらぬか」

引き下がらない阿部を見た家綱が、稲葉に言う。

「美濃、この場で隠しごとはならぬぞ」

困惑した顔を向けた稲葉が、はは、と、観念して頭を下げ、阿部に顔を向けた。

「書状が本物であれば、信平殿に朝倉藩を調べさせることで、神宮路の関心をこれまでに増して、信平殿に向けられると思うたまで」

「何!」

驚く阿部を一瞥した家綱が、稲葉に訊く。

「美濃、どういうことじゃ」

稲葉はふたたび、家綱に頭を下げた。

「実は、我が家中の者を、大坂の千成屋に潜入させることが叶いました。今は、鉄砲を密造している場所を探らせております」

酒井が、おお、と声をあげた。

家綱の表情は硬い。

「そちは、その者を守るために、信平を囮《おとり》にすると申すのか」

「囮などとは、決して思うておりませぬ。ただ、布田藩の悪事を暴いたことで、神宮路の関心は信平殿に向けられております。我が手の者が潜入に成功しましたのも、信平殿が京に到着した頃に、大坂の千成屋から神宮路の配下どもが京に送られ、商いの人手が足りなくなったおかげ。怪しまれずに奉公しておりまする」

家綱は阿部に顔を向け、意見を求めた。

小さく顎を引いた阿部が、稲葉に訊く。

「その者は、忍びの者か」

「はい。下僕《げぼく》にしか思えぬ目立たぬ者ですが、内証《ないしょう》を探ることに長けております」

「では、神宮路の大坂城攻めについて、何か知らせが入っておらぬのか」

稲葉は首を横に振った。

「鉄砲密造の場所を見つけるのを第一とするよう厳命しておりますので、残念ながら、そこまではつかんでおりませぬ」

「どうも、妙だな」

阿部が、目を細めて考える顔をした。

稲葉がいぶかしげな顔をする。

「豊後守殿、いかがなされた」

「この書状に記されたことは、まことであろうか」

「……………」

「豊後、どういうことじゃ」

阿部が、家綱に顔を向けた。

「黒田家を陥れる罠《わな》ではないかと、ふと思いました」

「書状が、偽物と申すか」

「神宮路は油断ならぬ相手、策を講じているやもしれませぬ」

家綱がうなずく。

「確かにそちの言うとおりじゃ。ない話ではない」

稲葉が口を挟んだ。

「上様、たとえ罠でも、この書状を使わぬ手はございませぬぞ。書状を謀反の証として朝倉藩を改易に処し、福岡藩も一蓮托生《いちれんたくしょう》といたせば、九州の外様大名をひとつ潰せまする。黒田家を廃したのちは、より忠義に厚い譜代《ふだい》の者を福岡に置き、長崎《ながさき》奉行と連携して目を光らせれば、神宮路とて容易に動けなくなりましょう」

家綱が驚いた顔をした。

「神宮路は、九州におるのか」

「一昨日に長崎奉行から知らせがありました。抜け荷が疑われる船を押さえましたら大量の火薬が見つかったそうです。船主を捕らえて厳しく調べたところ、神宮路との関わりを白状したとのこと。一味が長崎で暗躍しているものと見てよろしいかと存じまする」

普段は穏やかな家綱が、この時ばかりは厳しい顔をした。

「まさか、福岡の黒田家が与してはおるまいな。外様ながら、松平の姓を許された家柄じゃ。徳川を裏切れば、諸藩に与える衝撃は大きい。薩摩《さつま》などの外様が、こぞって神宮路になびくやもしれぬぞ」

「それゆえ、今のうちに潰しておくのです」

家綱は逡巡《しゅんじゅん》の色を顔に浮かべて、阿部を見た。

「それがしは、慎重になるべきかと考えます。黒田家を改易いたせば、家中の者数千人が浪人となり、その者の恨みは徳川に向けられましょう。これこそが、神宮路の狙いであれば、労せずして兵を手に入れられます。勇猛な黒田の兵を、敵に回すことになりまする」

酒井も阿部に同調した。

「これまで将軍家の信頼が厚かった黒田家を改易し、あとを譜代の者に渡せば、外様大名の徳川に対する不信が広がらぬか、そこが心配です」

二人の老中に反対されて、稲葉は不服そうな顔で腕組みをし、黙り込んだ。

家綱が言う。

「福岡の黒田家を潰さぬとして、朝倉藩はいかがいたす」

これには阿部が即答した。

「稲葉殿が申されるとおり、今一度信平殿に文を送り、慎重に探らせましょう」

「美濃、それでよいか」

自分の考えを通した阿部を一瞥した稲葉が、家綱に頭を下げた。

「異存はございませぬ」

「豊後、どう思う」

「では美濃、そちは鉄砲密造の場所を一刻も早《はよ》う見つけさせよ」

「はは」

「豊後、信平が朝倉藩の謀反を暴けば、神宮路はますます、信平を恨むであろうな」

「松姫と福千代君をふくめ、これまで幾度か命を狙われたことを思えば、本気で潰しにかかられては、信平殿とて危ういかと」

「妻子のことは、本理院《ほんりいん》様が守られておるが、信平の身が心配じゃ。朝倉藩の一件が落着したあかつきには、江戸に呼び戻せ。よいな」

「はは、そのように伝えまする」

「鉄砲密造の場を見つけた時は、いかがするつもりじゃ。軍勢を差し向けるのか」

　家綱に問われて、阿部と酒井は稲葉に注目した。

　稲葉が、居住まいを正した。

「手練《てだれ》の者を集めておりますゆえ、必ずや潰しまする」

「忍びを使うのか」

「この美濃に、おまかせくだされ」

　はっきり答えない稲葉に、家綱はいぶかしげな顔をしたものの、追及はしなかった。それほどに、この場にいる三人の老中を信頼しているのだ。

「皆力を尽くして、神宮路の陰謀を阻止《そし》いたせ。頼むぞ」

「はは」

声を揃《そろ》えて頭を下げる老中たちにうなずいた家綱であるが、浮かぬ顔をしていた。

家綱はこの時、信平のことを案じていたのだ。

五

信平は、朝倉藩の屋敷に招かれていた。

七日後だと香山が約束していたはずが、

「三日も遅れて、申しわけありませぬ」

平あやまりされ、奥向きに案内された信平は、善衛門と共に長章の寝所《しんじょ》に入った。

布団に横になっていた長章が、香山の手を借りて起きようとしたので、そのまま、

と言って止め、足下に座した。

腹を押さえて顔を歪めながらも、恐縮する長章。

信平はさりげなく、面相を確かめた。

江戸城で見かけていた頃の顔にくらべ、いささか頬がこけて、やつれているように

思えた。

香山が言う。

「殿は、襲われた際に腹を突かれました。急所は外れていましたが、思うように食が摂《と》れず、日に日に痩《や》せておられまする」

「やはり、そうであられたか。以前よりは、頬がこけておられる」

信平が言うと、長章は苦笑いを浮かべた。

話すのも辛《つら》いのか、言葉は発しない。

香山が代わりに言う。

「昨日から重湯《おもゆ》を食されるようになりましたので、信平様にお会いいただいた次第。お呼びたてして、申しわけございませぬ」

「よい。こうして長章殿を見舞うことができ、胸をなで下ろす思いじゃ。長章殿、御公儀には病と届けますので、一日も早く江戸に戻られるよう、養生なされませ」

「…………」

長章は辛そうな顔で寝たまま手を合わせ、拝むようにした。

「善衛門、長居はお身体《からだ》に障《さわ》る」

「はは」

信平は立ち上がり、長章に頭を下げて寝所を出た。

何ごともなく屋敷の外へ出た信平は、黙って帰途に就《つ》いた。

隣を歩む善衛門も、腕組みをして押し黙り、難しい顔をしている。

南禅寺の境内に入ったところで、信平が口を開いた。

「妙に、屋敷が騒がしかったな」

「やはり、そう思われましたか。庭の奥にちらと見えたのですが、藩士たちが槍《やり》の稽《けい》古《こ》をしておりました。まるで、戦《いくさ》にでも行くような気迫でござる」

「藩侯が襲われたのだ。江戸への道中を案じてのことであろう」

「さよう。殿を襲うた者を成敗したというのは、まことでございましょうな。所司代屋敷から逃げた者は、神宮路から借財を帳消しにすると言われた長章殿が命じたと言うておりましたが、あの者どもは、神宮路の手の者だったのでしょうな」

「長章殿に濡れ衣を着せ、御家が改易になるよう仕向けたと申すか」

「そうとしか思えませせぬ。こう言ってはあれですが、福岡藩の藩祖黒田長政《ながまさ》侯は、豊臣を見限って徳川にお味方され申した。黒田家の今日の繁栄は、長政侯の英断によるものですが、豊臣の千成瓢簞《びょうたん》を掲げる神宮路にとっては、憎き相手。御家を潰そうとたくらんでいるに違いござらぬ」

善衛門は言いながら、曲者を警戒して、しきりにあたりを見ている。

信平が善衛門と二人だけで訪ねたのは、朝倉藩の真意を探るための、命がけの行動だったのだが、どうやらそれは、思い過ごしだった。しかし、所司代屋敷から逃げた者が神宮路の配下ならば、道中でふたたび襲って来るやもしれぬ。善衛門はそこを気にしていたが、無事所司代屋敷に帰ることができて、門を潜るなり、安堵して大きな息を吐いた。

「いや、久々に、肝《きも》が冷えました。神宮路は優れた鉄砲を持っておりますからな、供がそれがし一人では不安でござった」

「それは、気をもませたな」

「まったくですぞ。寿命が十年は縮みもうした」

「では、百までしか生きられぬか」

冗談を言った信平に、善衛門が優しい笑みを浮かべた。

「酒を飲みたい気分じゃ。殿、付き合《お》うてくだされ」

「ふむ」

部屋に入った信平は、町の見廻りに出ている佐吉たちが戻るのを待とうとしたのだが、台所方から酒肴《しゅこう》を手に入れた善衛門が入り、信平の前に座って盃《さかずき》を差し出した。

「京野菜の漬物で、一杯やりましょう」

盃を受けた信平は、善衛門と一杯だけ付き合い、文机《ふづくえ》に向かった。高坂に持たせる文をしたためるために筆を執《と》り、長章のことをどう書こうかと考えていると、廊下に人が座った。

牧野の家臣が頭を下げた。

「申し上げます。江戸から火急の知らせが届きましたので、書院の間にご足労願いたいとのことです」

「承知した」

信平は筆を置き、善衛門と部屋を出た。

廊下を渡り、書院の間に行くと、牧野と高坂が待っていたのだが、二人とも、深刻な顔をしている。

善衛門が座るなり、牧野に訊く。

「所司代殿、火急の知らせとは何でござる。江戸で変事がござったか」

「いや」

牧野は、信平に目を向けた。

「朝倉藩の様子はいかがでござった」

知らせの内容を差し置いて訊くので、信平は不審に思いつつも、長章は病だと告げた。

「本人と、会われたのか」

「はい」

「して、ご容体は」

「昨日から重湯を食されるようになったとのことですが、江戸に向けて発《た》たれるのは、まだ無理かと」

牧野は高坂と顔を見合わせて、顎を引いた。

応じた高坂が、先ほど江戸から届いたものだと言い、信平に書状を差し出す。

受け取って目を通した信平は、内容に目を見開いた。

それを見ていた牧野が言う。

「長章殿は、仮病を使って京へとどまっておる。信平殿をもってしても見破れぬとは、なかなかの狸《たぬき》じゃ」

厳しい口調の牧野に、信平は、返す言葉もない。

ごめん、と断り、信平の手から書状を取って目を通した善衛門が、驚きのあまり唸《うな》った。

「殿、それがしが見たのは、長章殿を守るためのものではなかったようですな」

「…………」

牧野がいぶかしげな顔をした。

「葉山殿、どういうことじゃ」

善衛門が、鍛錬《たんれん》を重ねる者たちを見たと教えると、牧野がうなずき、信平に言う。

「御公儀からの知らせに間違いないようですぞ。信平殿」

「そのようです」

騙《だま》されていたと思う信平は、肩を落とした。

高坂が顔を向ける。

「では信平様、下知《げち》に従い、今一度朝倉藩を探っていただきたい」

「承知した」

「信平殿、人手が足りぬであろう」

牧野が言い、手を打つと、十人の与力たちが廊下に現れて片膝をついた。

「この者たちには、同心を含む百人の手勢を預けておる。隠れて見張るよりも、屋敷を見張る姿を見せてはどうか。御公儀に目を付けられたと思わせたほうが、愚かな輩に加担する気も失《う》せよう。朝倉藩がことを起こして潰されれば、大勢の浪人が神宮路になびくやもしれぬ。信平殿、そう思わぬか」

「おっしゃるとおりかと」

「稲葉老中は信平殿にまかせるよう書かれているが、ここは、所司代のそれがしにまかせていただこう。高坂殿、目をつむっていただきますぞ」

高坂は困惑したが、牧野に従った。

牧野の命を受けた与力たちが所司代の屋敷を出たのは、陽が西にかたむきはじめた頃だった。

京の町を駆けていく所司代の配下たちに、商家で買い物をしていた町の者たちが驚き、物騒なことが起きるのではないかと、さっそく噂話をはじめている。

中には、捕物を見物して飯の種にしようと目論《もくろ》み、帳面を持って走りだす者もいる。

牧野の配下が、野次馬を嫌って町中で分かれ、四方八方に散った。

困惑した野次馬が、捕物ではなかったとがっかりして、来た道を帰っていく。

町に散った牧野の配下が朝倉藩の屋敷が見える場所に集まったのは、陽が山に隠れ、空があかね色に染まった頃だ。

筆頭与力が差配し、同心たちが表と裏に分かれていく。また、他の者は離れた場所にある店の二階を借り受け、屋敷に出入りする者を調べる手筈《てはず》を整えた。

朝倉藩の者が外の異変に気付いたのは、日が暮れてからだ。

所用で三条の町へ行こうとした一人の藩士が、屋敷の近くにいた役人が咄嗟《とっさ》に身を隠したのを認めて怪しみ、そしらぬ顔でその場を通り過ぎたあとに、引き返して物陰からうかがったのだ。

跡をつけていた者たちは、この藩士の行動に気付いていたが、見張っていることを藩の者に分からせるよう牧野から命じられていたので、うまくいったと、顔を見合わせてうなずいた。

油断なく周囲を探った藩士は、役人たちが屋敷を囲んで見張っているのを知り、青い顔をして戻った。

六

「何、屋敷を見張られているだと」

知らせを受けた香山は、藩士を下がらせ、屋敷の奥へ急いだ。

誰も近寄らぬよう厳命している藩主の寝所の前に片膝をつき、人の目がないのを確かめると、障子を開けて中に入った。

慌てて布団にもぐり込む姿を目の端にとらえた香山が、障子を閉め切って、ため息交じりに言う。

「殿、動いてはなりませぬぞ」

「……………」

「そう怒りなさんな」

部屋の隅の暗がりからした声に、香山が驚いた顔を向けた。

「おられたのですか」

浮き出るように姿を現したのは、薄笑いを浮かべた宗之介だ。腰の金びょうたんが、蠟燭《ろうそく》の明かりにきらりと光沢を放ったのを、香山が一瞥した。

「香山さん、何をそんなに慌てているのです」

「屋敷の外に、見張りがおります。公儀は、我らを疑っているのではないかと……」

「おや、それはいけませんね。朝倉藩が二条城を襲う計画が、公儀に知られたのでしょう」

香山は愕然《がくぜん》とした。

「そ、それは、どういうことにござる。何ゆえ、我らが二条城を」

宗之介は、慌てる香山を見て愉快そうに笑った。

香山が不機嫌な声をあげる。

「宗之介殿、笑いごとではございませぬぞ。神宮路様には、殿がきっぱりお断りしたはず。何ゆえこのようなことになるのです」

宗之介は真顔で告げる。

「二条城の襲撃は、そこの殿様がたった今承知されましたよ」

「なんですと！」

香山は、見開いた目を布団に向けた。

詰め寄ろうとした香山の眼前に、宗之介が刀を突き付ける。

「うっ」

「殿様を叱ったところで、もう遅いですよ。公儀には、これが渡っているのですから」

宗之介は、懐《ふところ》から出した書状を渡した。

香山が目を走らせたのは、大坂の奉行所から稲葉老中に送られた書状と、まったく同じものだ。

長章の花押が記された謀反の証を見て、香山は震えが止まらなくなった。恨みに満ちた眼差しを宗之介に向ける。

「おのれ、借財を帳消しにすると申すから従ったのだ。これでは、約束が違うではないか」

宗之介は、呆れたように首を横に振った。

「なんのために、手の込んだことをさせたと思っているのです。あなたたちが働くのはこれからだ。いやだと言うなら、ここで死んでもらいますよ。代わりは、いくらでもいる。いや、断れないか。そうですよね、殿様」

「宗之介殿の、言うとおりにいたせ」

「むっ」

布団を被《かぶ》ったまま命じる声に、香山が憤慨して宗之介を睨んだ。

宗之介は刀を引いた。その時に顎の薄皮を斬られ、香山は顔を引きつらせた。場の空気が一瞬にして張り詰め、鋭い殺気が満ちる。

「ま、待ってくれ。従わぬとは言うておらぬ。わたしが心配なのは、二条城を奪うことだ。ここにいるたった五十八名では、できるはずもない」

宗之介は刀を赤鞘に納めた。同時に殺気も消え、笑みが戻る。

「心配いりませんよ。あなた方が動く時は、わたしたちが二条城に忍び込んで門を開けてさしあげますから」

「し、しかし、公儀に屋敷を見張られていては、身動きが取れぬ」

「そのために、鉄砲をさしあげたのですよ。役人など蹴散らして、押し通ってください。二条城まで来ていただければ我らが中に入れますから、ご安心を」

「本気で、徳川に戦を仕掛けるのか。勝てるとは思えぬ」

「翔様を侮《あなど》らないほうがいいですよ。それに、謀反の証を公儀ににぎられているのですから、ここで改易の沙汰を待つか、二条城を奪って天下に名を轟《とどろ》かせるか、二つにひとつだ。どうします？」

「今は、決められぬ」

「迷っている暇はないと思いますが、まあいいでしょう。二人でよく考えてください。どのみち我らが二条城をいただくのだから、そこに名を連ねるか、それとも罰を受けてみじめな最期を遂《と》げるかは、あなたたちの気持ち次第だ。伝えることは伝えたので、わたしの役目は終わりです。では」

宗之介はきびすを返して障子を開け、部屋から出た。

草履《ぞうり》を履《は》いて庭に下り、裏門へ行く。門番が頭を下げたのに応じて笑みを浮かべ、外へ出た。

すっかり日が暮れた闇に隠れて、様子をうかがう気配がある。察した宗之介は、その知らぬ顔で歩みを進めた。

程なく、町家を出た同心が跡をつけはじめた。

宗之介は、南禅寺の参道を三条の方角へ歩み、町家のあいだに通された路地に歩みを進めた。

走って追ってきた同心が、町家の角に背を付けて顔を出した時には、路地から宗之介の姿が消えている。

「しまった」

舌打ちをして路地を走った同心は、奥の角の手前で板塀に背を付け、路地に顔を覗《のぞ》かせた。その刹那《せつな》、背後で湧いた気配に振り向き、目を見張った。

咄嗟に抜刀した同心であったが、抗う間も与えぬ宗之介が刀を振るい、袈裟懸《けさが》けに打ち下ろす。

「うお」

右肩から左の脇腹にかけて斬られた同心が、刀を落とし、身を縮めるように伏し倒れた。

薄笑いを浮かべて骸《むくろ》を見下ろした宗之介は、血振るいをして納刀し、その場を去った。

朝倉屋敷では、布団を被る長章のそばに香山が座り、険しい顔で考えていた。辛そうに目を閉じ、しばらく考えをめぐらせたのちに見開いた時には、意を決した顔つきになった。

じろりと布団を睨む。

「こうなってしまえば、もはや是非もなし。神宮路に与するしか、我らに生きる道はござらぬ。よろしいですな」

「よ、よきに、はからえ」

布団を被ったまま言う藩主に軽く頭を下げた香山は、やおら立ち上がり、廊下に歩み出た。

唇を引き結び、夜空を見上げた香山は、胸の中に溜《た》まった苦しみを吐き出すように長い息を吐き、辛そうに目を閉じた。

一夜が明けた所司代屋敷では、牧野が血相を変えて廊下を急ぎ、裏の六畳間に入った。

　後ろを歩いていた信平が中に入ると、牧野は、布団に寝かされている同心の横で両膝をつき、肩を落とした。辛そうに目を閉じ、手を合わせる。

　信平は牧野の後ろに座り、静かに手を合わせた。

　骸に付き添い、悲愴《ひそう》に満ちた顔をしていた与力が、牧野に両手をつく。

「申しわけございませぬ。勇んで出るのを止められなかった、わたしのせいです」

「黙れ、悪いのは斬った者じゃ。赤鞘と申したな」

「はい」

「朝倉藩の屋敷から出てきたと申すは、まことか」

「そのとおりでございます。門番と親しげにしていたと、見張りの者が申しました」

「おのれ長章め、やはり神宮路と通じておったか。信平殿、これで謀反の企ては明白。急ぎ江戸に知らせてくだされ」

　屋敷からひょうたん剣士こと宗之介が出てきたなら、もはや、長章をかばいだてすることはできぬ。

　信平は承諾し、自筆をもって公儀に伝えるべく、部屋に戻った。

　同心が宗之介に斬られたことを善衛門に告げた信平は、文机に向き、筆を執った。

筑前朝倉藩が神宮路と繋がっていると知れば、ただちに屋敷を囲み、藩主長章をしかるべき御家に預けるよう命じられるだろう。

またひとつ、大名が潰れる。

信平は、放逐される家臣たちの未来を案じ、重苦しい気持ちで筆を走らせていた。

頼母が来客を告げたのは、半分ほど書き進めていた時だ。

控えていた善衛門は、待たせるよう言った。

朝倉藩の謀反を江戸に知らせるために筆を執っていることを知った頼母が、ごめん、と断って中に入り、信平のそばで告げた。

「殿、表に訪ねてまいった者が、気になることを申しました。朝倉藩の藩侯のことで、殿にお会いして、直《じか》にお話をさせていただきたいと願う者がおるそうです」

信平は筆を止め、視線を上げた。

「その相手とは、何者じゃ」

「訊いても明かしませぬが、長章侯が京に立ち寄られた際には、お忍びでお会いになるお方だそうです。門前に現れたのは、そのお方の使いだと申すおなごにございます」

「通すがよい」

「それが、殿にお目通りをお許しいただけるなら、ここではなく、お足をお運び願いたいとのことです」

善衛門が口を出した。

「怪しいの。神宮路の罠ではないのか」

「わたしも疑ったのですが、その者の焦りようは尋常ではなく、嘘をついているようには思えませぬ」

「焦っておるなら、会いたいと申す者が来ればよかろう」

「そう申したのですが、京の町へは出られぬのでお願いしたいと頭を下げ、使いのおなごは去ってしまいました」

善衛門が口をむにむにとやる。

「その者がいる場所は分かっておるのか」

「用心深いもので、使いの者が屋敷まで案内をすると申し、待ち合わせ場所を告げて去りました。よろしければ、それがしがご案内いたします」

善衛門が、信平に顔を向けた。

「殿、いかがなされる」

「まいろう」

信平は筆を置き、狐丸を手に立ち上がった。

牧野には、しばし出かけると佐吉に伝えさせ、頼母に続いて表門に向かう。

門を出て、二条城の堀端を歩む時になって、頼母が行先を告げた。

「渡月橋《とげつきよう》を渡ったところで待っております」

「ふむ」

信平は、善衛門と共に頼母に従った。

目立つので馬は使わず、途中で茶店に立ち寄ったりしつつ、跡をつける者がおらぬか警戒する頼母に、信平は、これから会う人物が、朝倉藩に深く関わる者と察し、二軒目の茶屋に入り、裏口から出た時に呼び止めた。

「頼母、何か聞いているなら話せ」

「詳しいことは聞いておりませぬ。こうしてお手間をかけるのは、神宮路の配下が油断ならぬ相手ゆえ、用心しております」

用心に用心を重ねる頼母のおかげで、跡をつける者はいないようだ。ただ、歩いて一刻(約二時間)もかからぬ距離を、倍の時間をかけているのには、善衛門は苦笑している。

「相手が待ちくたびれておるぞ」

善衛門に言われて、頼母が即座に言い返す。

「待てぬようでは、大事ではないということです。おらねば、戻りましょう」

「なるほど、その者を試すつもりか」

無駄なことをしているようで抜かりのない頼母に、善衛門は舌を巻いた。

頼母を褒《ほ》める善衛門を横目に、信平は、渡月橋に足を向けた。

川のせせらぎを聞きながら橋を渡っていると、半分を過ぎたところで頼母が足を止めた。

立ち止まる信平に、顔を近づける。

「いました。柳の下です」

眼差しを向けると、袂《たもと》の柳の下にいた若い女が頼母に気付き、信平に小さく頭を下げた。

信平が歩みをすすめる。

すると、女は背を向けて歩きはじめ、一定の距離を保って案内をはじめた。

渡月橋を渡る人は多かったが、信平たちの行動を怪しむ者はいないようだ。

「美しいおなごですな。この先には、何者が待っておるのでしょうな」

ぼそりとこぼす善衛門に微笑《ほほえ》んだ信平は、ふと、嵐山を見上げた。山の中腹から飛び立った二羽の白鷺が、羽を広げて優雅に舞い、清らかな流れの浅瀬に降り立った。

江戸城の廊下ですれ違った長章侯の歩みが優雅だったのを思い出した信平は、なぜか、御身を案じる気持ちが芽生えた。

白鷺が浅瀬にたたずみ、魚を狙っている。

信平は、渡月橋の袂に歩みを進めた。

第二話　竹林の風

一

渡月橋を渡った信平が案内されたのは、嵐山の麓にある一軒家だ。

聚楽壁《じゅらくかべ》の塀に囲まれた茅葺《かやぶ》きの邸宅は、木立の中でひっそりとたたずんでいる。

小さな門を潜って玄関に向かい、促されるまま上がった。

磨き込まれた廊下を歩み、香《こう》のかおりがする客間に通された信平は、上座をすすめられて座した。

善衛門と頼母が、信平の前で横向きに正座すると、使いの女は、しばしお待ちを、と言って、頭を下げて部屋から出ていった。

木立の中から、小鳥のさえずりが聞こえる。

周囲に家はあるが、人の声はまったくしない。

善衛門は部屋を見回して、信平に顔を向けた。

「なかなか、良い住まいですな」

廊下に衣擦《きぬず》れの音がした。

歩んで来たのは、藤色の無地の着物に白を基調とした打掛《うちかけ》を着《つ》けた、若い女だ。

侍女も連れず、一人で部屋に入った女は、信平の前に正座して頭を下げた。

「お呼びたてして、申しわけございませぬ。わたくしは、江乃《えの》と申します。鷹司様のお噂を知り、頼らせていただきました」

「面《おもて》を上げられよ」

「おそれいりまする」

眼差しを伏せて顔を上げた江乃は、二十代半ばか。色が白く、美貌だ。

信平が問う。

「黒田長章殿のことで麿に話したいというのは、どのようなことか」

「京の御屋敷におられる殿様は、長章様ではございませぬ。影の者でございます」

「なんと」

声をあげたのは善衛門だ。

頼母は、探る眼差しを江乃に向けている。

信平は、冷静に訊く。

「そなたは、長章殿とどのような御縁がおありか」

「三年前までは、殿の側室として江戸の藩邸に暮らしておりましたが、わけあって屋敷を出ることとなり、以来、ここで暮らしております。殿は、その後もわたくしをご寵愛《ちょうあい》くださり、参勤の旅に出られた時は京屋敷に入られ、こちらにお忍びで逗留してくだされました。そのお留守のあいだ、九郎《くろう》と申す影の者が、殿に代わって屋敷にいたのです」

時には、江戸藩邸を留守にしてお忍びで京を訪れ、江戸城に登城するまでのあいだ長逗留することもあったという。

大名が公儀の許しなく江戸を抜け出せば、謀反を疑われておおごとになるのは必定《ひつじょう》。そのことを隠さず話す江乃の大胆さに、善衛門と頼母は、驚いて顔を見合わせている。

江乃が隠さず話すには、わけがありそうだ。

そう思った信平は、江乃に訊いた。

「長章殿は、ここにおられるのか」

辛そうな顔で首を横に振り、信平に両手をつく。

「わたくしの弟がお話をさせていただくことを、お許しください」

「ふむ。これへ」

江乃は、信平の右側の襖《ふすま》の前に行って座り、ゆっくりと開けた。六畳間に正座している若い男が頭を下げていたのだが、肩には晒《さらし》が巻かれていて、信平が顔を上げさせると、目の上や頰に打ち身の痣《あざ》があり、痛々しい姿をしていた。

「お初に御意《ぎょい》を得ます。朝倉藩で馬廻 衆《うままわりしゅう》を務めます、坂手《さかて》文四郎でございます」

江乃の肩を借りて部屋に入った文四郎に、信平が訊く。

「長章殿に、何が起きている」

「参勤交代の旅の道中で、赤鞘の恐るべき剣士とその一味に襲われ、殿は、その者たちに連れ去られたのです。わたしは、殿をお守りしようとしたのですが、不覚にも崖から川に落ちてしまい、なんとか這《は》い上《あ》がったのですが、殿を乗せた町駕籠を追うことができず、このような姿をさらしております」

善衛門が口を開く。

「赤鞘の男は、腰に金びょうたんを下げておったか」

「はい」

「殿……」

信平は、不安そうな顔をする善衛門にうなずいた。

文四郎が訊く。

「ご存じの者ですか」

「徳川に抗い、天下に騒乱を起こそうとたくらむ者の一味じゃ」

文四郎と江乃が、息を呑んだ。

善衛門が文四郎に訊く。

「長章殿が攫《さら》われたのは、間違いないのだな」

「はい」

「して、向こうから何か言うてきたのか」

「わたしはここにたどり着くのがやっとで、どうなっているのか分かりませぬ」

暗い顔をする文四郎を、江乃がかばった。

「弟の身を案じたわたくしが、引き留めたのです。ですが、わたくしに仕《つか》える者が、御屋敷が役人に囲まれていると知らせて戻りましたので、どうしてよいか分からず、信平様をお頼りした次第にございます」

文四郎が片手をつき、すがる顔を向けた。

「御公儀は、影武者を疑っておられるのでしょうか」

どうやら文四郎と江乃は、事態を分かっていないようだ。

信平は、長章の書状が公儀の手に渡り、謀反の嫌疑がかかっていることを教えた。

絶句して目を見開く姉弟に、信平が訊く。

「影武者の存在を知る者は多いのか」

文四郎が答えた。

「江戸家老と用人の香山様だけにございます」

「そのいずれかが神宮路翔に与し、影武者を操って藩を牛耳《ぎゅうじ》っているのではないか」

信平の言葉に、文四郎は肩を落とした。

江乃が身を乗り出す。

「殿は、どうなりましょうか」

信平は、長章の命を案じたが、江乃に気をつかって首を横に振った。

「どこにおられるか、調べてみよう。文四郎殿、影を務めるのは、どのような者じゃ」

「元は領地の村に暮らす、貧しい百姓でございましたが、狩りに出かけられた殿が偶然出会われ、わたしに世話をお命じになられたのです。この世には同じ顔の者がいるとは聞いていましたが、まったく見分けがつかぬほどで、初めは、声を出さぬようにさせていましたが、今では、声まで似ておりまする」

「では、どうやって見分けているのだ」

「九郎の背中には、小豆《あずき》ほどの大きさの痣がございますので、違いはそこかと」

頼母が言う。

「神宮路は、影武者の存在をどうやって知ったのでしょうか」

文四郎は首を横に振り、江乃に顔を向けた。

「姉上、誰かに話されましたか」

「いいえ、誰にも」

「この家の者は大丈夫ですか」

「節《せつ》は長年仕えてくれています。悪事に加担などしませぬ」

文四郎はうなずき、信平に顔を向けた。

「節とは、先ほどご案内をした者にございます。ここには他に誰もおりませぬので、やはり、江戸家老か御用人が怪しいかと」

「影武者も、与していることになる」

「…………」

信じられないという顔をしながらも、文四郎は否定しなかった。

善衛門が言う。

「影武者ながらも、殿様の暮らしをしているうちに欲が出たのやもしれぬ。飾り物でも大名になれると思い、悪に与したのではないか」

「………」

文四郎が立ち上がったので、江乃が驚いた。

「文四郎、何をする気です」

「屋敷に行き、九郎を問い質します。悪事に手を貸しているなら、殿の居場所を知っているはずですから」

「訊いて話す相手なら、とうにわたくしが行っています。その身体では、殺されに行くようなものです」

「しかし……」

江乃は信平に向き、必死の表情で頭を下げた。

「どうか、お助けください。どうか」

「あい分かった。あとは、麿にまかされよ」

座った文四郎が、ろくに動けない自分になさけなさそうに、うな垂れている。

「何もできぬのが、悔しゅうございます」

「江乃殿が申されるとおり、その身体で無理をしてはならぬ」

「神宮路の噂は聞いております。殿は、生きておられますでしょうか」

「今は、生きておられると信じるしかない。手を尽くすゆえ、ここで養生して待つがよい」

「はは」

素直に応じて頭を下げる文四郎。

藩主を守る馬廻衆として、その心情は穏やかではあるまいと思った信平は、文四郎の肩に手を置いた。

「決して、自害してはならぬぞ」

文四郎は歯を食いしばり、目に涙を浮かべてうなずいた。

二

所司代牧野土佐守の配下が朝倉藩の見張りをやめて去ったのは、信平が所司代屋敷に戻って程なくのことだ。

相手の出方を探ろうとした信平が退かせたのだ。

朝倉藩の屋敷は、夜になると静まり返り、外に藩士の姿は見えない。

夜陰《やいん》に紛《まぎ》れて道を走り、屋敷の土塀に取り付いたのは、鈴蔵と菊丸だ。

黒装束を纏い、顔も隠している二人はあたりを警戒し、手を貸し合って塀を上がった。

内側には、飛び越すことのできない幅の堀が、黒い口を開けている。

鉤縄《かぎなわ》を取り出した菊丸が、頭上で回し、狙いを定めた庭木の太い枝に投げてからませた。黒い縄を引いて外れないのを確かめると、腰に巻いて道に飛び降りる。土塀の土台に足を踏ん張り、引っ張って合図を送る。

鈴蔵は、音もなく縄を渡ると木に取り付き、縄を引いた。

応じて塀に上がった菊丸に対し、鈴蔵は解いた縄を投げ返す。

受け取って侵入の痕跡を消した菊丸は、鈴蔵を援護するためあたりを警戒した。

暗闇の中、庭を移動して母屋に向かった鈴蔵は、誰にも見つかることなく屋根裏に侵入した。

それを見届けた菊丸は、鈴蔵の退路を確保するため裏手に向かった。

信平から寝所の位置を教えられていた鈴蔵は、音もなく屋根裏を移動し、影武者がいる寝所の上に来ると、下の様子を探った。

気配はあるが音がしないので、しばらくとどまることにした。

四半刻（約三十分）が過ぎた頃、廊下に足音が近づき、障子を開け閉めする音がした。

すると、布団から起きる音がして男がしゃべったのだが、どこか不安そうな様子が、鈴蔵に伝わってくる。

「香山様、何か分かりましたか。殿は、生きておられるのですか」

「安心いたせ。我らが言うことを聞けば、殺されはせぬ」

「殿のためならなんでもします。何をすればよいですか」

「おぬしにできることはただひとつ。藩主として手勢を率い、二条城へ入ることだ」

「しかし、それでは御家が……」

「さよう。謀反の汚名を着ることになる。だが、殿のお命をお救いするには、神宮路に与してことを起こすしか、道はないのだ。神宮路が徳川に勝てば、我らは、外様ではのうなる。御公儀の顔色をうかがい、恐々《きょうきょう》として暮らすことものうなるのだ」

「香山様は、徳川の世が終わればよいと、本気でお考えですか。戦になるのですよ」

「本音を申すと、戦などはまっぴらじゃ。しかし、徳川から天下を奪い、新しい世の中にするという神宮路の言葉に、魅了されている自分もおる」

「香山様は、殿とお会いになられたのですか」

「いや、生きておられると聞かされただけで、会わせてもらえなかった」

「わたしは百姓なので難しいことは分かりませんが、あの赤鞘が信用できない男だというのは分かります。殿様がおられなければ、ことを起こしても我らは道に迷います。謀反を起こす前に、生きておられる殿にお会いしとうございます」

香山が、驚いた顔をした。

「九郎、おぬし、殿はこの世におらぬと思うておるのか」

「そのようなことは考えたくもないですが、殿のご気性を思えば、黙って悪人に捕らえられておられるか心配です。二条城に行けば、どのようなことになるかぐらいはわたしにも分かります。殿のために死ねるなら本望ですが、騙されて行くのはまっぴらです。殿は、顔が似ているというだけで、貧しい百姓だったわたしをお取り立てくださいました。親兄妹《きょうだい》を城下に住まわせ、何不自由なく暮らさせていただけるのは、殿のおかげ。大恩ある殿にもう一度お会いして、お礼を言ってから死にとうございます」

「二条城には宗之介殿が先に入り、我らを入れる約束じゃ。死にはせぬ。しかし、おぬしの申すとおり、殿が生きておられるか確かめずに動くのはよそう。今一度繋ぎを取り、殿に会わせてもらおう」

「そうしてください。殿のお命が助かるなら、わたしはなんでもしますから」

九郎の肩をたたいた香山が、真顔で言う。

「おぬしは、なかなかの忠義者よのう。屋敷に入り込んでいる神宮路の手の者に、文を託そう。待っておれ」

「はい」

九郎は、出ていく香山を見送ると、長章を案じて部屋の中を行ったり来たりした。

屋根裏から出た鈴蔵は、菊丸が待つ裏木戸に向かって庭を移動した。

気配を察して庭木に隠れると、警固の者が二人歩いてきて、鈴蔵の存在に気付くことなく去っていった。

その背後に出た鈴蔵は、裏木戸に走る。すると、合わせたように木戸が開いた。外に出てみると二人の男が柱にもたれかかって座り、首を垂れていた。

そばにいた菊丸に問う。

「殺したのか」

するとと菊丸は、無言で吹き矢を見せた。その時、門番がいびきをかいた。

菊丸は無痛の矢針で眠らせ、門番たちが居眠りをしたように見せかけたのだ。

うなずいた鈴蔵は、信平の元へ走った。


「やはり、影武者であったか。神宮路に与しておらぬのが、せめてもの救いじゃ」

報告を受けた信平は、長章と朝倉藩を救うために考えていた策を、皆に告げた。

「長章殿が存命ならば、九郎と香山は招かれよう。その機を逃してはならぬ。菊丸、永井殿は今、どこにおる」

「神宮路の探索をしに、大坂へ行かれています。呼び戻しましょうか」

「いや、よい。効き目の強い眠り薬が手に入らぬかと思うたまでじゃ」

すると、五味が口を挟んだ。

「お初殿がおられれば、容易く手に入ったでしょうな」

善衛門が口をむにむにとやった。

「それを言うな。お初には、奥方様と福千代君をお守りする大切なお役目があるのだ」

五味が顎を突き出して、へぇい、と言い、黙りこくった。

菊丸が二人を一瞥して、信平に言う。

「眠り薬はございます。飲ませるものと、嗅《か》がせるものがございますが、どちらをご用意いたしましょう」

「長章殿が囚《とら》われている場にいる者たちを、気付かれぬように眠らせたい」

信平は、策を詳しく話して聞かせた。

考えを知った善衛門が、手を打って感心する。

「それは妙案でござるな。その場にひょうたん剣士がおれば、捕らえられますぞ」

信平は憂えた。

「あの者は、構えて油断せぬであろう。眠り薬に気付かれれば終わりじゃ」

「菊丸、そこのところはどうなのじゃ」

善衛門に言われて、菊丸は自信に満ちた顔で言う。

「我が秘薬は、匂いと煙が出ませせぬ。埃《ほこり》にしか見えぬので、いかに手練の剣客とて、気付くことはないかと。ですが、強烈な眠気を覚えますので、目ざめた時は、眠らされたと思うはずにございます」

善衛門が唸った。

「それでは、影武者と本物を入れ替えるという殿の策が使えぬではないか。疑われて、背中の痣を調べられたらしまいじゃ」

頼母が訊いた。

「眠っているのはどれくらいのあいだにござる」

「一刻（約二時間）は気を失います」

頼母がうなずき、信平に言う。

「そのあいだに、影武者の痣を隠してしまえないでしょうか。京には、たくさんの化《け》粧《しょう》道具が売られています。肌の色に似たものをいくつか用意しておくのです」

佐吉が膝を打つ。

「おお、それは妙案。五味殿、我らで求めてこよう」

「承知した」

張り切って立ち上がる佐吉と五味を、鈴蔵が止めた。

「町で売っている白粉《おしろい》を塗ったのでは、すぐにばれてしまいます。ここは、それがしにおまかせを」

五味が、おかめ顔の口を尖らせた。

「良い物があるのか」

「ございますとも。島原遊郭《しまばらゆうかく》の姐《ねえ》さん方が、癖の悪い客に殴られた時にできた青たんを隠すためのものです」

「青たん？」

意味が分かっていない五味に、鈴蔵は青痣だと言いなおした。

痣を隠せて、汗をかいても落ちにくい代物《しろもの》だと聞いて感心した五味は、信平に顔を向けた。

「信平殿、使えそうですぞ」

「ふむ。鈴蔵、手に入れてくれ」

「かしこまりました」

すぐ求めに出る鈴蔵を見送った信平は、菊丸に眠り薬の手配をさせた。

朝倉藩の屋敷には、尾行に長けた永井の配下を向かわせ、信平は、善衛門らを伴って南禅寺に入り、その時を待った。

香山と九郎が藩士を連れずに朝倉藩の屋敷を出たという知らせがもたらされたのは、翌日の夜だ。

家紋が入っていないちょうちんを持った二人は、鴨川《かもがわ》を渡り、一条城のそばを通り過ぎ、さらに半刻（約一時間）ほど歩んだ。

向かった先は、嵯峨野《さがの》の竹林の小道を抜けた先にある屋敷だ。

罠を疑いたくなるほど守りは手薄で、敷地を囲うのは身の丈ほどの生垣だ。ところどころ枯れて隙間があるので、容易に入れる。

佐吉が生垣の上から顔を出し、様子を探って小声で言う。

「明かりを灯《とも》した母屋《おもや》の部屋にいるのは、酒に酔っている浪人者ばかりですぞ。見る限り、赤鞘はおらぬようです」

その下で、生垣の隙間に首を突っ込んでいた五味が、月代《さかやき》に枯葉を載せた顔を向ける。

「今、新たに二人ほど入った。信平殿、どうします。捕らえられた殿様らしい姿もないですぞ」

頼母が言う。

「裏の部屋にいるのかもしれません。他に建物はないようです」

屋敷の周囲を探っていた鈴蔵が戻ってきた。

「裏手に赤鞘らしき者はいませんが、縛られた者が、浪人四名に見張られています」

信平が、菊丸に顎を引く。

応じた菊丸が、生垣の隙間から中に入り、母屋に忍び寄る。

信平は、皆と周囲を探索した。伏兵を警戒したのだ。

竹林の中に気配はなく、風に擦れる葉の音がするだけだ。

屋敷に忍び寄った菊丸は、人がいない台所に入って暗闇に潜んだ。

座敷では、連れて来られた長章と対面し、殿、殿と声をあげる香山と九郎の声がする。

二人を労《いたわ》る長章の声を確かめた菊丸は、鼻と口を布で隠した。

板の間に上がり、竹筒の微粉を手の平に出すと、扇《おうぎ》を広げてあおいで部屋中に充満させた。

浪人と長章たちがいる部屋は、この板の間の隣だ。

程なく、一人の浪人が酒を取りに行くため、襖を開けた。その刹那、板の間に充満していた微粉が、風に乗って部屋に流れ込む。

目に見えぬ粉を吸い込んだ者たちが、ほとんど同時にあくびをして、一人また一人と横倒しになり、中には、いびきをかく者もいた。

母屋を素早く回り、酒を飲んでいる浪人たちを眠らせた菊丸は、行灯《あんどん》の蠟燭を取って廊下に出て、合図を送った。

「殿」

「うむ」

善衛門に応じた信平は、母屋に急いだ。

庭から部屋に上がると、菊丸が眠っている長章に気付け薬を嗅がせて目ざめさせた。

何が起きたのか分からない様子の長章だったが、信平を見るなり、目を大きく見開いた。

「信平様」

絶句する長章に、信平は告げる。

「助けにまいりました。ご無事でなによりです」

「かたじけのうございます」

長章は、眠っている九郎を見て、ばつが悪そうな顔を信平に向けた。

「この者は、影武者です。わたしが捕らえられていることをお知らせして、助けを乞うたのですか」

「いえ、長章殿の窮地を知らせてこられたのは、江乃殿と文四郎殿にございます」

長章は目を見開いた。

「文四郎は、生きていましたか」

信平はうなずく。

「怪我をされていますが、命に大事ございません。旅の道中で赤鞘の男に襲われたと聞きました」

「さよう。この者たちはただの雇われ浪人。わたしを襲ったのは、宗之介と申す若い男です。他にも、長光軍司《ながみつぐんじ》という男がおります」

信平は告げる。

「いずれも、神宮路翔の配下かと」

「神宮路……」

長章は、辛そうな顔をした。

「あの者に借財を頼んだのが、大きな過ちでござった。十万両の借財を帳消しにするかわりに、二条城を攻め取れなどと申して、愚かとしか思えぬ考えを持っております」

「長章殿の花押が記された二条城攻めにまつわる書状が、御公儀の手に渡っています」

「まさか」

長章が愕然とした。

「そのようなこと、ありえぬ。わたしは、きっぱり断ったのだ」

「筆を真似《まね》られたのでしょう。誘われたことを、何ゆえ黙っておられたのです」

「…………」

返答を躊躇う長章に、善衛門が言う。

「信平様は将軍家縁者。隠しだてをされては、ためになりませぬぞ」

「いや、隠すつもりはなかったのです。江戸に帰り次第、御公儀にお知らせするつもりでございました。しかし、国許を出る前に布田藩のことが耳に入り、同じようになると恐れたのです。江戸家老が、神宮路と繋がっておりましたので」

「では、書状の花押は、江戸家老が」

「おそらく、捕らえて腹を切らせる前に、神宮路に渡していたものかと。役宅から、多額の金子《きんす》が見つかったと、目付《めつけ》から報告を受けております」

信平は、いささか落胆した。

「家老を、処罰されたのですか」

「はい」

「他に神宮路を知る者はおりませぬか」

長章は、首を横に振った。

神宮路と繋がっていたことを公儀に知られるのを恐れるあまり、江戸家老を処罰し、憂いを断とうとしたのだ。

「まさか、二条城を襲うなどという大それた企てが、御公儀に知られていようとは。こうなってしまっては、是非もございませぬ。どのような罰も、甘んじてお受けいたします」

「謀反の疑いを晴らす手が、ひとつだけございます」

信平の言葉に、長章は身を乗り出した。

「それは、何でございますか」

「神宮路の企てを暴き、騒乱を阻止するのです。麿に、力を貸していただきたい」

「それがしにできることなれば、なんなりと」

信平は、策を明かした。

長章が、目を見開く。

「そのようなことをして、うまくいきましょうか」

「御公儀に渡っている書状が、黒田家を改易にするための陰謀だと証すには、それしかないかと」

「しかし、神宮路が動けば、我らは謀反人になってしまう」

「その時は、二条城に現れた敵をことごとく捕まえるまで」

長章は不安そうに訴えた。

「神宮路が我らに合わせて動けば、大坂で戦がはじまってしまうのではありませぬか」

「そうならぬよう、所司代殿に先手を打っていただきます」

長章は、納得がいった顔をした。

「なるほど。そういうことなら、おっしゃるとおりにいたしましょう」

「よしなに」

信平は目線を転じて、菊丸に顎を引く。

応じた菊丸が、九郎を目ざめさせた。

信平たちに気付いた九郎が、驚愕の顔をして平身低頭する。

「御公儀のお方に申し上げます。わたしは影武者。どうか、殿様をお助けください」

汚れた着物姿の長章が、九郎の手を取った。

「案ずるな。このお方は、我らを助けてくださる」

顔を上げた九郎が、白い狩衣姿の信平を神々《こうごう》しいと思ったらしく、

「ははあ」

と、大仰な声をあげ、手を合わせて拝むようにした。

「よさぬか」

九郎に面を上げさせた信平は、あまりに似ている二人を交互に見て、笑みを浮かべた。

「九郎、長章殿の身代わりとなって、ここにいてくれぬか。謀反の疑いを晴らすために、長章殿にはやることがあるのだ」

「殿のお命が助かるなら喜んで」

忠義者の九郎と入れ替わって屋敷に帰ることに、長章は表情を曇らせた。

「九郎、すまぬが辛抱《しんぼう》してくれ」

すると九郎が立ち上がり、着物を脱ぎはじめた。

「御家の一大事でございます。今こそ、御恩に報いる時。この九郎の命など気になさらず、お逃げください。さ、早くお脱ぎください」

「このことは香山にも言わぬ。決して、浪人どもに影武者と悟られてはならぬぞ」

九郎は不安そうな顔をした。

「ですが殿、背中の痣がございます」

信平が言う。

「そのことは案じずともよい。消すための道具を持って来ている」

九郎は表情を明るくして、着物を脱いだ。

長章は目を赤くして立ち上がり、帯を解く。

二人は下帯《したおび》まで交換し、九郎は肌着を着けようとしたのだが、鈴蔵が止めた。

手に入れていた化粧道具の中から、九郎の肌に合う色を選ぶ。

菊丸が、眠らせた者たちがそろそろ目をさますと言って急がせた。

鈴蔵は慌てずに色を選び、九郎の背中に塗りはじめた。

頼母はそのあいだに、長章の月代と鬢《びん》を整えている。

程なく、満足した顔で鈴蔵が筆を置き、信平に顎を引く。

九郎の背中にあった痣は、まったく分からなくなっていた。

「見事なものじゃな」

感心する善衛門の横で長章の支度を手伝っていた頼母が、信平に言う。

「御用人には、入れ替わっていることを伝えなくて本当によろしいのですか」

信平はうなずいた。

「疑うわけではないが、用心のためにそのほうがよい」

長章が言う。

「九郎がわたしの真似をするように、わたしも九郎になりきることができます。背中を見られぬよう気をつければ、分からぬでしょう」

信平は、九郎が着物を着るのを待って、善衛門たちと外へ出た。

残った菊丸が、香山の鼻に気付け薬を近づけて目ざめさせると、音もなく立ち去る。

起き上がった香山は、汚れた着物を着た九郎を長章だと思い、いぶかしげな顔をする。

「殿、それがしはいったい」

九郎が、長章になりきって言う。

「余がこのような時に眠るとは、けしからぬ奴じゃ」

「申しわけございませぬ。いつの間に、月代を……」

「そちが寝ておるあいだに、九郎が整えてくれた」

「ははあ」

慌てて頭を下げる香山を見て、九郎が長章を見た。長章が笑みで応じる。

九郎がため息をついた。

「まあよい。そちも疲れたであろうゆえな」

「囚われた殿にくらべれば、それがしの疲れなどなんでもないことでございます」

恐縮する香山に、九郎は感極まったが、涙を堪《こら》えて言う。

「これからのことは、九郎に申しつけた。急ぎ帰り、余を助けるために励め」

香山が顔を上げた。

「では、二条城を」

「生き残る道はひとつじゃ。さ、早う行け」

「なりませぬ。共に逃げましょう」

「逃げたところで、御公儀のお仕置きが待っている。我らが生きるには、神宮路に与するしかないのだ。さ、行け」

香山は、決心してうなずいた。

「必ずことを成し遂げ、お迎えに上がります。どうか、お命を大事にお待ちくださ い」

「うむ。頼むぞ、九郎も、頼む」

「はは」

長章は頭を下げ、待っておれ、と、残る九郎に目顔で伝え、香山を連れて帰った。

物陰から見送った信平は、九郎のために鈴蔵を残して、所司代の屋敷へ引き上げた。

三

屋敷に帰った長章は、香山の前では九郎のように自信がなさそうに振る舞い、部屋から出るなと命じられれば一日中床の中で過ごし、暇を持て余していた。

たまに部屋を訪れ、様子をうかがう香山であったが、謀反を起こして二条城を攻めることが気がかりなのか、二日、三日が過ぎると、次第に表情が険しくなっていった。

九郎なら、香山を気遣うであろうと思った長章は、どうされたのですか、と、不安そうな顔を作って訊いた。

すると香山は、うるさい、と、不機嫌に言い放ったが、ため息をつき、あぐらをかいて肩を落とした。

「殿をお助けするために二条城を攻める運びとなったが、江戸藩邸と、国許のことが心配じゃ」

「殿が無事お戻りになれば、良い道に導いてくださいます。今は、二条城を攻めることのみに集中すべきかと」

九郎と思い込んでいる香山が、説得されて驚いた顔をした。

「何やら、おぬしがまことの殿に見えてきた」

長章は慌てたものの、顔には出さぬ。

「ご冗談を」

「冗談じゃ」香山は笑い、すぐ真顔になる。「影武者を長らくしていると、演じているうちに本人になりきってしまうのであろうな。わしにそう思わせるのじゃから、皆も信じて疑うまい。決行日は大雨の日と決まっておるゆえ、皆にそう伝えねばならぬ」

「承知しました」

「いや、重大なことゆえ、やはりわしの口から伝える。おぬしは、殿のふりをして黙って座り、いつものようにうなずいておればよい」

「はは」

長章は九郎のように大人しく従い、身支度をはじめた。

屋敷にいる家臣たちが大広間に集められたのは、その日の夜だ。

総勢五十八名が顔を揃えたのを確かめた香山は、神宮路の手の者が下座に控えるのを一瞥し、上段の間の御簾《みす》を下ろして向き直った。

「ご一同、これより、重大な話がある」

静まり返った部屋に、家臣たちが頭を下げる衣擦れの音がする。

程なく廊下の障子が開けられ、御簾の奥に、人影が座した。

香山が言う。

「殿に代わって、それがしがお伝えいたす。よろしいな」

「はは」

家臣が声を揃えて応じた。

香山は一同に面を上げさせ、厳しい顔で言う。

「表に御公儀の見張りが付いていたのは周知のとおりだが、理由が判明した。我が藩の謀反を疑ってのことだ」

家臣たちから、驚きの声があがった。

「御用人、何ゆえ我らが謀反人と疑われるのですか」

「そうだ。まったく身に覚えのないことにござろう」

「これより出ていき、所司代殿に抗議しましょうぞ」

「静まれ、静まらぬか」

大声をあげたのは、徒頭《かちがしら》の榎田将吾郎《えのきだしょうごろう》だ。

皆が口を閉ざすのを待って、榎田が言う。

「御用人、御公儀に目を付けられたのは、我が藩の借財が災いしたのですか」

「そのとおりじゃ。天下を騒がせておる神宮路翔が営む千成屋から借財をしておるのを理由に、あらぬ疑いをかけ、それを事実にして御家を潰そうとしておるに違いない。公儀は、千成屋から借財をしている藩を探り当て、潰す腹であろう。布田藩のようにな」

「しかし、布田藩は神宮路に与していた証があってのこと。我が藩は違いましょう」

「それが、そうはいかぬ。このような物が、公儀の手に渡っておるゆえな」

香山は、謀反の証である書状を開いて掲げた。

大広間は騒然となり、榎田がふたたび静かにしろと大声をあげて鎮《しず》めると、膝を進め、上半身を乗り出す形で香山に詰め寄る。

「我らは曲者に襲われたのですぞ。そのことを打ち明ければ、この書状が偽物である証が立てられるのではないですか」

「殿の花押が記されておるのだ。公儀が潰す気ならば、偽物でも本物にされてしまうであろう」

榎田が返した。

ますまい」

「我が藩を潰せば、本家が黙っておりませぬ。いかに御公儀とて、福岡藩を敵に回し

「たわけ。われらにとって本家は大きい存在じゃが、公儀にとっては一大名にすぎ
ぬ。その気になれば、本家とて容易く潰される。分家の我が藩が謀反を疑われておる
ことで、本家も危うくなっておるはずじゃ」

榎田が目を見開いた。

「では、ことの次第では本家も潰されるとおっしゃいますか」

香山は渋い顔でうなずいた。

「こうなっては、本家のことなど気にしている時ではない。我らに残された道は二
つ。この場にて公儀の沙汰を待ち、甘んじて罰を受けるか、挙兵して二条城を奪い、
神宮路殿と共に天下を狙うしかない。殿は、後者を選ばれた」

天下を狙うという言葉に、一同は騒然となった。

榎田が立ち上がった。

「そのようなことが、できるのですか」

「神宮路殿ならば、天下を取られるやもしれぬ。殿は、そうお考えじゃ」

「されど、我らを襲ったのは神宮路の手の者ではございませぬのか」

宗之介に手傷を負わされた藩士が言うと、皆が同調する声をあげた。

香山が、鋭い眼差しを向けて制した。

「襲うたのは確かに神宮路殿の配下じゃが、公儀に謀反を疑われた今、我らが生き残るには神宮路に与するしかない。殿は、生きる道を選ばれたのじゃ。我ら家臣は、殿のご意向に従うまで。そうであろう」

御簾の奥に座る長章が立ち上がったので、一同は頭を下げた。

「皆の者、生きる道はひとつじゃ。余は、二条城を攻め取る」

九郎が声を発するとは思っていなかった香山が、驚いた顔を向け、座れ、と、手真似で命じた。

九郎ならぬ長章は、自ら御簾を上げて皆の前に立ち、見回して言う。

「余は二条城を攻める。しかし、決して先走ってはならぬ。神宮路の配下が門を開けてくれる手筈になっておる。万事、余の指図に従え、余が斬れと命じるまで、誰も傷つけてはならぬ。よいな！」

「はは！」

声を揃える家臣たちにうなずいた長章は、決行を大雨の日と伝え、いつでも出陣できるよう備えを怠《おこた》るなと言い置いて、大広間を出た。

追って出た香山が、寝所に入るなり、勝手なことを言うなと叱ったので、家臣たちを案じるあまり、ついつい口出しをしてしまっていた長章は、九郎を真似て、平あやまりして誤魔化《ごまか》した。

「そう怒らないでくだされ。わたしは、殿ならあのように言われるに決まっていると思うたのです」

「さよう。殿ならおっしゃるであろう。顔と声まで似ておるだけでも紛らわしいのに、こころまで読まれて動かれたのではやりにくうてたまらん。こうしていても、頭を下げとうなるから不思議じゃ」

顔を近づけてまじまじと見つめるので、長章は目をそらした。

香山がいぶかしそうな顔をする。

「何か、臭うの」

「気のせいじゃ」長章ははっとした。「いや、気のせいです」

苦笑いを浮かべ、恐る恐る目を合わせる長章に、香山が言う。

「いや、やはり臭う。もはや仮病を使わずともよいのだから、湯を使うがよい。支度をさせる」

長章はぎくりとした。

「背中を見られては困ります」

「おお、そうじゃったな九郎。おぬしと殿を見分ける唯一の証であった。では、人を近づけぬので一人で湯を使え」

香山は、疑っているのだろうか。

そう思った長章は拒もうとしたのだが、かえって疑われるとも思い、素直に従った。

湯殿に入る時になって、ふと、江乃の顔が頭に浮かんだ。

嵐山の湯にゆるりと浸《つ》かり、江乃の酌《しやく》で酒を飲みたいと思った長章は、信平のおかげで、すっかり安堵している己に気付き、所司代屋敷がある方に向いて目をつむった。

「頼みますぞ、信平殿」

聞こえぬように独りごちた長章は、人の目を警戒して着物を脱ぎ、湯を使った。

湯船に浸かっていると、戦支度をする家臣たちの声が聞こえてくる。

一人一人に家族がいるが、藩主を信じて、付き従おうとしている者たちを思えば、失敗は許されない。

身代わりになっている九郎も、さぞ心細いであろう。

身の潔白を証明して、皆を守らねば。

長章は、両手で顔をたたいて気を引き締めた。

四

大池湖畔《おおいけこはん》の隠れ家にいる神宮路翔は、陽光を照らして輝く水面を眺めながら葡萄酒《ぶどうしゅ》を楽しんでいたのだが、気配を察して、顔を横に向けた。

椅子にくつろぐ神宮路に歩み寄った長光軍司が、空《から》になっている透明な硝子《ガラス》製の器に葡萄酒を注ぎ、報告する。

「黒田の屋敷に使わしている者から知らせがきました。我らの要求に従い、二条城を攻めることが決まったそうです」

「ほおう。御家のために、藩主を見捨てると思うていたお前の読みが外れたな」

「申しわけございません。ですが、これは良い折かと。朝倉藩に助太刀をして二条城を奪ってしまえば、我らに味方することを渋っている大名どもが、倒幕に向けて挙兵するのではないでしょうか」

「二条城など奪ったところで、動きはしない。助太刀など無駄なことだ。香山たちを所司代が捕らえれば、朝倉藩は終わる。それを機に本家の福岡藩を潰せば、徳川を恨む浪人どもがあふれよう。怒れる浪人どもを倒幕に向かわせるのが、世の中を変える近道だ」

ほくそ笑む神宮路に、軍司は頭を下げた。

「もうひとつ、ご報告がございます。偽の書状が功を奏し、大坂城に兵が集められているそうです。我らの攻撃を警戒して、城下は殺伐としているようです」

神宮路は、満足そうに微笑む。

「それこそが、真の狙いだ。こちらは二万の兵と一万の鉄砲を有していると吹聴《ふいちょう》し、もっと兵を集めるよう仕向けろ」

「かしこまりました」

「宗之介は今どこにいる」

「信平を倒すために、庭で剣の腕を磨いています」

「そうか。久々に、相手をしてやろう」

すると軍司が、焦って止めた。

「翔様にかかっては、宗之介は赤子も同然。怪我をさせられては困りますので、おやめください」

神宮路は鼻で笑い、葡萄酒の器を口に運んだ。

安堵した軍司が言う。

「朝倉藩の者が二条城を襲ったあと、捕らえている長章はいかがいたしますか。約束どおり、解き放ちますか」

葡萄酒を飲み、硝子製の器を陽光に掲げて眺めながら、神宮路が言う。

「公儀に罰を受ける藩主は、影武者の九郎一人でいいだろう。長章は、宗之介に斬らせろ」

「承知しました」

軍司が出ていくと、神宮路は椅子から立ち上がり、別室に入った。

昼間でも薄暗い部屋の奥には、南蛮《なんばん》の裸婦の絵が掲げられ、唯一の明かり取りである窓から差し込む陽光を浴びている。

神宮路は、絵の前に座り、食い入るように眺めている町人風の男に、薄い笑みを浮かべた。

「気に入ったのなら、持ち帰るがよい」

ゆるりと膝を転じた男が、顔の前で手をひらひらとやる。

「わたしなどには、もったいない絵でございますよ。実に、すばらしい」

神宮路は上座に行き、正座した。

「淀屋《よどや》、今日は良い報告であろうな」

「はい」

淀屋正一《しょういち》は、狸のように丸い目を神宮路に向け、厚い唇から、黄ばんだ歯を見せて愛想笑いをした。

「調べましたところ、翔様の睨まれたとおりでした」

淀屋が、着物の袂から紙を出して、神宮路に差し出す。

「………………」

一瞥した神宮路が、淀屋に鋭い目を向けた。

「間違いないのだな」

「はい。いかがいたしましょうか」

「今は、そのままにしておけ。そのほうが、かえって動きやすい」

「かしこまりました」

「でき上がった鉄砲は、どれだけになる」

「すでに二万を超えて、集めた鉄を使い切るところです。品も良く、古い鉄砲しか持たぬ大名の中には、金に糸目をつけずにほしがる者がおります」

「では、思惑どおりになっているのだな」

淀屋は揉《も》み手《で》をして、満面の笑みで頭を下げた。

「これは、彼《か》のお方からお礼の品でございます」

淀屋が差し出したのは、鞘に螺鈿梨地《らでんなしじ》蒔絵《まきえ》の細工を施し、柄《つか》には金糸の房が下がる宝刀だ。

神宮路は太刀を抜き、刀身を眺めた。

「どうやら、刀身は飾太刀《かざりたち》ではなさそうだな」

淀屋が答える。

「家伝の宝刀、雲切丸《くもきりまる》だと、仰せでございました」

「なかなか良い」

「信平の狐丸に勝る銘品かと存じまする」

「気に入ったと、伝えてくれ」

「かしこまりました。では、わたしはこれで」

「酒を飲んで行かぬのか」

「ありがとうございます。そうしたいところですが、彼の島に、渡らなくてはなりませぬ」

「ならば、良い話がある」

神宮路は手招きして顔を近づけさせ、策を耳打ちした。

淀屋が目を見開く。

「よろしいのですか」

「永井三十郎に気付かれぬよう、怠るな」

「ははあ」

淀屋は頭を下げ、部屋から出ていった。

神宮路は宝刀を左手に持ち、目を閉じるなり抜き払った。

軽い金属音を発して鉄瓶《てつびん》の持ち手が落ちたのを見下ろした神宮路は、鋭い切り口に薄い笑みを浮かべて静かに納刀し、部屋から出た。

五

この日は、朝から降りはじめた雨が次第に強まり、昼を過ぎると、耳にうるさいほどの豪雨となった。

外は薄暗く、稲光《いなびかり》が不気味に庭を照らす雷鳴が、屋敷の板戸を揺らした。

長章がいる大広間では、五十八人の家臣たちが緊張した面持ちや不安そうな顔で、寡黙《かもく》に支度をしている。防具を着けた家臣が、柄に晒を巻いた刀の鯉口を切り、刀身の具合を確かめている。

神宮路から譲られている鉄砲を持つ者は、雨に濡れても消えぬ火縄と、弾薬を納めた入れ物の支度に余念がない。

香山が、緊張のあまり紐を結ぶのに手間取っている榎田を手伝い、落ち着け、と言って肩をたたき、皆を見回すと、床几《しょうぎ》に座している長章に膝を転じた。

「殿、支度が整いましてございます」

「うむ。神宮路殿からの知らせはまだか」

応じた香山が顔を廊下に向け、顎を引く。すると、目付役として来ていた神宮路の配下が、近くの者に文を託した。

長章に渡そうとした文を香山が横取りして開き、立ち上がる。

「殿、神宮路殿の手勢はすでに動いているとのこと。遅れを取ってはなりませぬ。お指図を」

長章を影武者の九郎だと信じている香山が、さあ、早く言え、という顔をした。

真顔で応じた長章が、やおら立ち上がる。

陣笠《じんがさ》と防具を着け、紅《あか》い陣羽織《じんばおり》を纏う長章の堂々とした姿に、一同が頭を下げる。

「皆の者、いよいよ時が来た。これより二条城に向かう」

「おう！」

声を揃える家臣たちを見回し、付け加える。

「表門から攻め込むが、余の指図ある前に動いてはならぬ。よいな！」

「承知！」

「出陣じゃ！」

「おう！」

家臣たちが分かれて道を空けた。

長章は香山を従えて歩み、どしゃ降りの外へ出ると、二条城へ急いだ。

三条の橋へさしかかると、鴨川は水かさを増して、ごうごうと音をたてて流れていた。

水の勢いに揺れる橋を駆け渡り、人気がなく、豪雨に霞《かす》む大通りを進む。

誰にも邪魔されることなく二条城の大手門《おおてもん》に到着した長章は、豪雨の中に立ち、堅く閉ざされた門を見上げた。

香山に促された藩士が前に出て、門扉を拳《こぶし》で打ち、合図を送った。

だが、音沙汰がない。

どうなっているのだ、と、藩士たちから動揺の声があがった。

香山が歩み寄り、もう一度門をたたく。

「朝倉藩の者だ。開門！」

打ち付ける雨に負けぬ大音声にも、門は開かない。

焦った香山が、同道していた神宮路の目付役に問おうと振り向いたが、手勢の最後尾にいたはずの男が消えていた。

この時神宮路の配下は、離れた大名屋敷の辻灯籠《つじどうろう》の陰に身を隠し、様子をうかがっていたのだが、道に足音が響いたので身を伏せた。役人たちが、ぬかるみを踏みしめて駆けて行く。大声をあげて、朝倉藩の手勢を取り囲むのを見て、神宮路の配下がほくそ笑む。

所司代の手勢に囲まれた朝倉藩士は、神宮路に騙されたと口々に嘆いたが、言いわけは通じない。

陣笠に防具を着けた牧野が歩み出た。

「所司代牧野土佐守である！　貴様らを謀反の咎で捕らえる！　神妙にいたせ！」

香山が抜刀して叫んだ。

「手向かいいたす！」

斬りかかろうとした香山を、長章が止めた。

「ええい、離せ」

「我らは神宮路に騙された。もはやこれまでじゃ！」

「うるさい。影武者の分際で何を言うか！」

声を聞いた藩士たちがざわついたので、香山ははっとする。

「し、しまった」

香山を押さえつけていた長章が、藩士たちに大音声をあげる。

「余は影武者ではない、長章じゃ！　騒ぐでない！」

藩士たちは口を閉じ、顔を見合わせた。

長章がさらに言う。

「我らは負けたのじゃ。大人しく刀を引け」

牧野が続いて口を開く。

「御上《おかみ》にもお慈悲はある。ここで抗えば、貴様らの縁者にも累が及ぶと心得よ！」

藩士たちは、一人、また一人と刀を落とし、その場に両膝をついて首を垂れた。

皆が捕らえられるのを見届けた神宮路の配下は、そっとその場を離れ、雨の道を走り去った。

所司代屋敷に連れて入られた長章は、門が閉められると、その場で縄を解かれた。

牧野に頭を下げる。

「神宮路の手勢は、どうなりましたか」

すると牧野が、首を横に振る。

「一人も来ておりませぬ」

長章は目を見開いた。

「されど、神宮路の目付役は、手勢が動いているという文を持ってまいりましたが」

「神宮路の手勢が来れば残らず捕らえる算段をして待ち構えており申したが、残念至極にござる」

長章は肩の力を抜いた。

「これで、よかったのかもしれませぬ。血を見ずにすみました」

「さよう。何も知らなければ、こうなってはおりませぬぞ」

「まことに。所司代殿、家臣の縛《いまし》めを解いてはくださらぬか」

「むろんにござる。おい、縄を解け」

「はは」

応じた牧野の配下たちが、藩士たちの縄を解いた。

何がどうなっているのか分からない藩士たちは、不安そうな顔をしている。

香山が牧野の前に歩み出た。

「それがし、用人の香山と申します。これは、どういうことにございますか」

長章をちらりと見ながら訊く香山に、牧野が言う。

「これは、朝倉藩の危機を救おうとされた信平殿の策じゃ。信平殿に救いを求められた、江乃殿に感謝するがよい」

牧野が与力に顎を引く。

応じた与力が屋敷に入り、江乃と文四郎を連れて来た。

長章を見た文四郎が、式台から土間に下りて両手をついた。

「殿！」

「おお、文四郎！　無事であったか」

長章が駆け寄り、文四郎の両肩を摑《つか》んで引き寄せ、江乃に笑顔でうなずく。

「江乃。そなたの機転で、藩が救われた。これよりはなんの遠慮もいらぬ。余と共に、江戸にまいろうぞ」

これには香山が目を白黒させた。

「こ、これ、九郎、勝手なことを申すな」

止める香山に、長章が言う。

「長年仕えておるくせに、余と九郎の見分けがつかぬのか」

香山がはっとした。

「ま、まさか、殿?」

「情けない奴じゃ」

長章は防具を取り、片肌を脱いで背中を見せた。

香山が、あわあわと口を開けてその場に座った。

「い、いつの間に入れ替わっておられたのですか」

「そちが九郎と共に会いに来た時だ。信平殿の策で、二条城を襲う者を捕らえて神宮路の企てを阻止することになっていたが」

長章は、牧野に視線を転じた。

「どうやら、初めから騙されていたようです」

牧野がうなずく。

「信平殿が睨んだとおり、狙いは二条城ではなく、朝倉藩に謀反を起こさせ、御家を潰すのが狙いだったようですな。大坂城攻めも作り話だとすると、神宮路の真の狙いは何か。どうも、不気味でなりませぬ」

「信平殿は、いずこにおられますや」

「昨夜までここにおられたが、今日は姿を見ておりませぬ」

香山が割って入った。

「殿、九郎のことが心配です。助けに行かせてくだされ」

「案ずるな、信平殿の手の者が守っておられる。ここは、信平殿におすがりいたそう」

「殿を攫《さろ》うた者どもに一太刀浴びせねば、気が収まりませぬ」

「我らは謀反の咎で捕らえられたことになっているのだ。今動けば、芝居だとばれてしまう。神宮路が知れば、次なる手で我らに災いをもたらすやもしれぬ。御公儀の疑いが晴れるまで、ここは耐えるのじゃ」

香山は肩を落とした。

「殿の仰せのままに、従いまする」

長章は牧野に顔を向ける。

「所司代殿、我らを牢へ入れてくだされ」

「いや、そこまでせずとも」

「神宮路を侮ってはなりませぬ」

長章は、家臣たちと共に牢へ入ることを望んだが、牧野は、公儀からの沙汰があるまで、座敷に幽閉《ゆうへい》するにとどめた。

六

激しかった雨がやみ、嵯峨野の竹林の小道は薄日が差していた。

宗之介は、一人で道を歩んでいる。

空色の着物に藍染の袴を着け、左の腰には、赤鞘の大小を帯びている。

右の腰にぶら下げた金のひょうたんが、足を運ぶたびに揺れている。

色白の顔に口角を上げているが、竹林から飛び立つすずめを追う眼差しは鋭く、抜かりなく、周囲を警戒している。

長章と九郎が入れ替わっていることを知らない宗之介は、長章を斬って捨てるべく、屋敷の門を潜って敷地に足を踏み入れた刹那に、立ち止まった。

普段は見張りの浪人どもが一人や二人外にいるはずだが、姿がなく、静まり返っている。

鋭い眼差しであたりを見回した宗之介は、母屋の戸口には向かわず、表の庭に回った。

いつも騒がしい浪人どもの声がしないことに気付いた宗之介が、庭の正面に進み、大広間に向かって立った。そして、目を見開き、愉快そうな笑みを浮かべた。

大広間の中ほどには、鶯色《うぐいすいろ》の鞘に納められた狐丸を帯びた信平が、白い狩衣を着けて座し、宗之介が現れるのを待っていたのだ。

「どうやら、先を越されたようですね」

余裕の宗之介に、信平は静かに目を開けた。

無心の眼差しは、血に飢《う》えた宗之介のそれとは違い、澄みきっている。

宗之介が鼻先で笑った。

「相変わらず、むかつく目をしていますね、信平さん。今日は、江戸城の時のようにはいきませんよ。あなたを殺してもいいと、許しを得ていますので」

言うなり、一足飛《いっそくと》びに廊下へ上がった宗之介が、抜刀術をもって信平に斬りかかった。

正座から横に転じて一撃をかわした信平は、追って斬り払う宗之介の剣から飛びすさり、庭に降り立った。

宗之介が、にたりとする。

「まるで天狗《てんぐ》ですね」

ゆるりと納刀して庭に飛び降り、信平と対峙《たいじ》した。

右手を柄に近づけて腰を低くする宗之介に対し、信平は狐丸を抜き、両手を広げて左足を前に出し、左の手刀を宗之介に向けて低く構えた。

両者に隙はまったくなく、目に見えぬ気がぶつかり合っている。

この激しい気を感じたすずめたちは飛び去り、周囲は無音だった。

一陣の風が竹林を揺らし、両者のあいだに竹の葉が舞った。

信平の頰に一枚の葉が触れた刹那、宗之介が前に出る。

鞘を滑り出た刀が、舞い降りる竹の葉を両断して信平に迫る。喉《のど》を狙った抜刀術であったが、宗之介の目の前に信平の姿はない。

宗之介の目に映ったのは竹の葉のみで、信平は、背後にいた。

「くっ」

すれ違いざまに打たれた脇腹を押さえた宗之介が、苦痛の顔をする。

「峰打ちとは、愚かな」

宗之介は鼻先で笑い、着物の胸元を開いて見せた。

鎖帷子《くさりかたびら》が防具となり、峰打ちの力を弱めていた。

「どうやら、腕を上げたようですね。でも、わたしを生かして捕らえようなどと思ったのは間違いだ。今ので、信平さんの太刀筋は見抜いた。次は外しませんよ」

宗之介の顔つきががらりと変わり、鬼気に満ちている。

信平が狐丸を構えるや、宗之介が猛然と迫った。

下から斬り上げられた一撃を避けられず、狐丸で受け止める。

宗之介は身を横に転じて刀を振るい、信平が受け止めるや、胴、首、足へと休みなく襲い、両者が激しく剣をぶつけ合った。

隙を突いた信平が、胴を狙って狐丸を一閃《いっせん》する。

信平の剣気に目を見開いて飛びすさった宗之介の額から一筋の汗が流れ、顎を伝って落ちた。

対する信平は、涼しい顔をしている。

師、道謙《どうけん》によって鍛《きた》え直された信平は、もはや、宗之介の及ぶ者ではない。

互いに剣をぶつけ合う中で、宗之介は腕と肩を打たれ、右手は震えている。

腰に下げていた金びょうたんが割れているのに気付いた宗之介が、紐を引きちぎり、投げ捨てた。

宗之介の顔から、人を馬鹿にした余裕の笑みは消え、恨みに満ちた眼差しを信平に向けて言う。

「勝ったと思うな。これより江戸に行き、松姫と福千代の首を取り、送りつけてやる」

歪んだ笑みを浮かべて、きびすを返した宗之介。

信平が追って前に出る。

「馬鹿め」

これは宗之介の誘いだった。

逃げると見せかけて背を向けた宗之介が、追いすがる信平めがけ、振り向きざまに刀を振るった。

ぶつかり合う両者のあいだに、呻き声が起こる。

嬉々《きき》とした目を見開く宗之介に対し、信平が険しい顔をする。

「麿の妻子に手を出す者は、何人《なんぴと》たりとも容赦せぬ」

「く、く、く」

笑う宗之介の口から、血が流れた。

振り向きざまに刀を振るった宗之介の右手首は、信平の左手に阻《はば》まれていた。そして首には、狐丸の刃が斬り込まれている。

「やっぱり、強いや」

言った宗之介の手から、刀が落ちる。

立ったまま絶命した宗之介が、ばったりと仰向けに倒れた。

信平は、静かに狐丸を引いた。刀身の血振るいをして、長い息を吐きつつ鞘に納めて屋敷の門から出ると、空を見上げた。

青空に映える竹が、風に揺れている。

迷いのない眼差しを前に向けた信平は、小道を歩んで所司代屋敷に帰った。


宗之介の死を神宮路翔が知ったのは、その日の夜だった。

朝倉藩を改易に陥れるつもりが逆に利用され、頼りの宗之介を喪《うしな》ったことに、神宮路は、珍しく怒りをあらわにした。

「おのれ、信平め。またしても邪魔を」

宝刀雲切丸を抜刀した神宮路は、朝倉藩の屋敷に行かせていた目付役を睨んだ。

「ひ、ひい」

腰を抜かして長机の下にもぐり込んだ男を見据えた神宮路。

大上段に刀を振り上げたが、目の前に軍司が立ちはだかった。

「兵として使い道はまだございます。ここは、堪えてください」

怒気を削《そ》がれた神宮路が、ふっと、息を吐いて刀を下ろした。

軍司が男を引きずり出し、行け、と言って逃がした。

飾鞘に納刀した神宮路が、軍司に投げた。

「派手な鞘が気に入らぬ。地味な鉄の鞘にしろ」

刀を受け取った軍司が、鋭い眼差しを神宮路に向ける。

「御自《おんみずか》ら、信平を斬ると」

「ふん。宗之介が倒されたのだ。信平に敵《かな》う者が他にいるのか」

軍司は目を伏せた。

「おりませぬ」

神宮路が背を向けて言う。

「それはそれとして、ことを急いだほうがよさそうだな。例のことは、抜かりのないよう、お前が指揮を執れ」

「おまかせください」

軍司が出ていくと、神宮路は葡萄酒の器を持って庭に出た。

月を水面に映した池は、静まり返っている。

いつもの冷静沈着な顔に戻っている神宮路は、葡萄酒の器を口に運び、飲み干すと、薄い笑みを浮かべて器に眼差しを向ける。

一陣の風が吹き、やんだ。

背後の気配に、神宮路は目を向けることなく告げる。

「松姫と福千代の首を取って来い」

「はは」

闇から声がした刹那、ふたたび風が吹き、気配が消えた。

第三話　獄門島の闇

一

珍しく福千代が夜泣きをしている。

抱き起こした松姫は、どうしたの、と言いながら背中をさすってあやした。

泣きやまない福千代は、行灯の薄暗い中で頬を涙で濡らし、しゃくり上げながら松姫の顔を見ていたのだが、眼差しを天井に向けて、何かを追うように、廊下のほうへと動かした。

松姫は天井に不安そうな目を向ける。

音はなく、気配も感じない。

ほっと息を吐き、福千代に微笑む。

「怖い夢を見たのですね。母がいますから、安心してお眠りなさい」

だが福千代はぐずり、甘えて抱き付いた。

「奥方様、いかがなされましたか」

竹島糸《たけしまいと》が声をかけて外障子を開けたのは、その時だ。

慌てて起き出したのだろう、寝間着姿で、乱れた鬢をなで付けながら、松姫と福千代の様子をうかがった。

「若君の泣き声がしていたようですが」

「起こしてしまいましたね。怖い夢を見たようですが、もう大丈夫です。ねぇ、福千代」

松姫の胸の中で、福千代が糸を指差した。

不安そうな福千代の眼差しに合わせて顔を向けた松姫は、目を見張った。外障子を開けたまま次の間に入っていた糸の背後の廊下に、黒い人影が立っていたのだ。

「糸！　後ろに曲者です！」

松姫が言うのと、糸が肩を摑まれるのが同時だった。

「奥方様！　お逃げください！」

糸は捨て身で抗ったが、後頭部を刀の柄で打たれた。

短い呻き声を吐いて気絶した糸が倒れるのを見下ろした曲者が、鋭い眼差しを松姫に向けた。刀の柄をにぎる手を左胸に引き付け、切っ先を真《ま》っ直《す》ぐ向けて迫る。

松姫は福千代に覆《おお》いかぶさり、目をきつく閉じた。泣き叫ぶこともなく、命乞いもしない。信平の妻らしく、覚悟をしたのだ。

松姫の背後に立った曲者は、覆面《ふくめん》の奥に、殺気に満ちた目を見開き、刀を振り上げる。その刹那、見開かれていた曲者の目がうつろになり、よろよろと後ずさると、白目をむいて仰向けに倒れた。

松姫が振り返って見ると、倒れている曲者の頭上には、寝間着の裾《すそ》をはだけ、氷のように冷めた眼差しを曲者に向けているお初がいた。

「お初、助かりました」

松姫の声に応じたお初は、神妙な面持ちで歩み寄り、片膝をつく。

「遅れて申しわけございませぬ」

「殺《あや》めたのですか」

訊く松姫に、お初は首を横に振った。

「痺《しび》れ薬で眠らせています。別の者が来ないうちに、本理院様の元へまいりましょう」

「曲者は、他にもいるのですか」

「はい」

お初は曲者の手足を縛りながら言う。

「門前では、本理院様のご家来衆が防いでおられますが、敵は手強《てご》わうございます」

福千代を抱いた松姫は、お初に気を入れられて意識を取り戻した糸と共に廊下に出た。

本理院の部屋に向かう途中、二人の侍が庭に倒れていた。

「若君をお預かりします」

糸が福千代に見せぬよう気をつかい、松姫から抱き受けると背を向けさせた。

松姫は、自分たちを守るために命を落とした者たちに、神妙な顔で手を合わせ、こころの中で詫びた。

「奥方様、お急ぎください」

糸に促されて進むうちに、暗い庭の先にある土塀の外から、戦う者たちの声がしてきた。

本理院の家来たちが廊下の奥から走り出て、篝火《かがりび》を焚《た》け、という声に応じて、慌てて支度にかかる。

にわかに騒がしくなった外廊下を左に曲がり、両側に部屋が並ぶ内廊下を奥へ進んだ突き当たりを右に曲がった。

三代将軍家光の正室であっただけに、大奥《おおおく》から吹上《ふきあげ》に下がったとはいえ、本理院が暮らす屋敷の敷地は広く、御殿も大きい。

案内がいなければ迷ってしまうと思いつつ、松姫は、糸に抱かれた福千代を気にしながら、お初に付いて行く。

やがて案内されたのは、女の背丈ほどの植木が数本植えられた中庭がある部屋だった。

外廊下には侍女たちが集まり、曲者に備えはじめている。

障子が開けられた部屋の入り口に立っていた本理院が、お初と共に来た松姫を見て安堵した顔をする。

「怪我はありませぬか」

「はい」

「指一本触れさせませぬから、安心なさい。さ、中へ」

頭を下げた松姫は、糸から福千代を抱き受けて、上座に座る本理院のそばに座した。

「わたくしたちのためにこのようなことになり、申しわけございませぬ」

恐縮すると、本理院が厳しい顔を向ける。

「何を言うのです。そのように自分を責めてはなりませぬ」

「はい」

本理院が、松姫に抱かれている福千代に愛《いと》しげな顔をする。

「かわいそうに。泣いているのですか」

福千代は恥ずかしそうに、母の胸に顔を隠した。

「わたくしより先に、曲者に気付いたようです」

珍しく夜泣きをしたので妙だと思っていたところ、曲者が現れたと言うと、本理院は目を細めた。

「福千代、好《よ》い子です。さ、おいで」

手を差し伸べる本理院に素直に抱かれた福千代は、不安そうな顔をしている。

廊下で警戒する侍女たちが向ける眼差しの先で、吊《つ》るされていた蠟燭が消えた。そして、黒装束の曲者が、闇から染み出るように現れる。

「おのれ曲者!」

侍女が叫ぶや、屋根から五人の曲者が飛び降り、斬りかかった。か弱い侍女と侮《あなど》り、隙だらけの攻撃だ。

斬られると思われたその刹那、侍女が身軽に刃をかわし、足を払う。両足を宙に浮かせて背中から落ちた曲者の腹に、気合と共に拳を突き入れた。

それを合図に、侍女たちが矢絣《やがすり》の着物を剝《は》ぎ取り、白い忍び装束で対峙した。

お初がその者たちの前に出て、庭にいる曲者を睨む。

「神宮路の手の者か」

すると、鎖帷子に鎖頭巾《くさりずきん》を身に着けた頭目と思《おぼ》しき男が前に出た。

「いかにも。信平の妻子のお命、頂戴つかまつる」

「させぬ」

お初が刀を構え、女たちが手裏剣《しゅりけん》を投げ打つ。

造作もなく弾き飛ばした頭目が襲いかかろうとしたのだが、

「待てい！」

と、廊下にいる曲者の背後で大声がした。

暗い廊下の先から現れた人影は、頭が障子の鴨居《かもい》を越える大男だ。その横に、さほど大きくない影が並ぶ。

お初は、目を細めた。

「五味殿……」

蠟燭の明かりが届く場所に歩み出たのは、佐吉と五味だった。

五味がお初にうなずき、もう大丈夫だと言おうとしたが、先に佐吉が大音声を発した。

「わしらが相手だ。五味殿、ぬかるでないぞ」

「お、おう！」

佐吉は大太刀を構え、五味は得意の六尺棒を頭上で回転させた。

佐吉が気合をかけて対峙する。

頭目は、こしゃくな、と吐き捨て、佐吉に斬りかかった。

腕の防具で刀を受け止めた佐吉が、弁慶《べんけい》のごとく強い力で押し返し、大太刀で薙《な》ぎ払った。

頭目は刀で受けたのだが、身体ごと飛ばされ石灯籠を突き崩して落ち、呻き声を上げ気絶した。

曲者が五味に殺到する。

「来るか！」

と、応じた五味が、六尺棒を鋭く突き出して一人目の腹を打ち、鋭く棒を転じて二人目の顔を打つ。

腹を抱え込んだ敵が、呻き声をあげて倒れ、顔を打たれた敵は、仰向けに昏倒した。

「見たか、我が棒術を」

五味が得意になっている隙に、別の曲者が斬りかかった。

「うわ」

かろうじて身体を横に転じかわした五味の鼻先で、白刃が空《くう》を切る。

敵は、飛びすさった五味に吸い付くように迫り、返す刀で斬り上げようとしたが、

「うっ」

と、短い呻き声を吐き、黒目が上に向いて突っ伏した。

小太刀で峰打ちにしたお初が、五味を睨む。

「油断するな。愚か者」

五味は、あい、と、奇妙な声を出して、嬉しそうに歩み寄ったが、くるりと背を向けたお初は、松姫を守るために廊下へ駆け上がった。

最後の敵を倒した佐吉が、五味に言う。

「低い鼻で助かったな。削ぎ落とされるところだったぞ」

白刃が目の前を走ったのを思い出した五味は、鼻を押さえて、身震いした。

本理院の屋敷を守る家来衆たちが来て、気絶した敵を縛り上げた。

大きな安堵の息を吐いた佐吉が、五味と笑みを交わして濡れ縁に近づき、揃って頭を下げた。

「殿に命じられて急ぎ戻りました。間に合うて、ようございました」

佐吉の言葉に、糸がきりきりした声で告げる。

「遅い！　襲われると分かっていたなら、もっと早う知らせてくだされればよいものを！」

佐吉が困り顔を上げた。

五味がおかめ顔の口を尖らせて言う。

「糸殿、それはないですよ。これでも三日寝ずに馬を馳せて来たのですぞ。間に合うたのですから、勘弁してくだされ」

「何が勘弁ですか。危ないところだったのですよ」

「糸、もうよい」松姫が止め、廊下に出てきた。「佐吉、五味殿、そなたたちのおかげで助かりました。お初殿、皆も、このとおりです」

松姫に頭を下げられ、忍び装束の女たちは片膝をついて頭を下げた。

松姫が佐吉に顔を向ける。

「旦那様は、息災ですか」

「はい。先日は、江戸城を騒がせたひょうたん剣士をご成敗なされました。神宮路を倒されるのも、時はかからぬかと思いまする」

本理院が歩み出たので、五味は佐吉より一歩も二歩も下がり、地面に額をすりつけるようにした。

「五味とやら、遠慮せずともよい。面を上げて、近《ちこ》う寄りなさい」

「ははあ。では、お言葉に甘えて」

佐吉の横に並ぶ五味に、本理院が目尻を下げた。

「二人ともご苦労でした。松姫と福千代は我らが守ると、信平殿に伝えておくれ」

五味が驚いた顔を上げた。

「我らはここにとどまり、松姫様と福千代君のお命をお守りするよう命じられております る。長屋の片隅にでも置いていただきとうございます」

「それでは、信平殿が困ろう」

佐吉が本理院に向けて顔を上げた。

「神宮路は侮れぬ相手。こうして刺客をよこしたからには、戻れませぬ。どうか、置いてください」

熱意に応じて、本理院は告げる。

「そなたたちが守ることで信平殿が働きやすくなるのなら、よいでしょう。頼みます」

「はは！」

佐吉と五味は声を揃えて頭を下げた。

本理院が言う。

「二人とも寝ずに馳せ参じて疲れているでしょう。食事の支度をさせますので、休みなさい」

「おそれいりまする」

恐縮する佐吉の横で顔を上げた五味がお初をちらりと見て、本理院に言う。

「おそれながら、褒美《ほうび》にお初殿の味噌汁を飲みとうございます」

鼻を膨《ふく》らませている五味の顔がおかしくて、本理院がくすりと笑い、お初に顔を向けた。

「お初殿、よいですか」

「かしこまりました」

笑顔でうなずいた本理院が、松姫を促して部屋に戻ると、五味は、鼻の下を伸ばした顔をお初に向けた。

「会いとうござった」

にんまりとした五味を見て、お初が舌打ちをして睨む。

「場をわきまえなさい」

ぴしゃりと言って背を向けたので、五味は呆然《ぼうぜん》として、目をしばたたかせた。

佐吉が言う。

「お初殿、わしは女房のところに行きたいのだが」

「案内しましょう」

「かたじけない」

佐吉は五味と別れて国代の長屋に行き、再会をした。

無事を喜ぶ国代の手料理で腹を満たした佐吉。

一方、侍女に案内されて台所の板の間に入った五味は、腹の虫を鳴らしながら待つこと半刻（約一時間）、夢にまで見たお初の味噌汁を受け取り、匂いを嗅いだ。

ゆっくり口を付け、すする。

「旨《うま》い！」

「声が大きい。場をわきまえろと言うたでは……」

お初は五味を見て、目を見開いた。汁椀《しるわん》を見つめる五味の目が潤《うる》み、涙を堪えているのに気付いたからだ。

「馬鹿」

小さな声で言ったお初は、顔を背けて立ち上がると小走りで台所に行き、温かいご飯でにぎり飯をこしらえた。

二

松姫襲撃のことは、その日のうちに将軍家綱の耳に届いた。

「方々《かたがた》は、無事なのじゃな」

驚きを隠せぬ家綱に、阿部豊後守がはいと答え、頭を下げた。

「半蔵門《はんぞうもん》を破られたのは、痛恨の極み。ただちに人を増やし、守りを幾重にもしておりますので、二度と入らせませぬ」

「うむ」家綱は、稲葉美濃守に顔を向けた。「神宮路が松姫と福千代の命を狙わせたのは、ひょうたん剣士なる者を信平が成敗したからか」

「おそらく」

「もう十分であろう。信平一人に重荷を背負わすのはやめよ」

「今しばらくのご猶予を。今朝方我が配下から、鉄砲の密造を仕切る人物を探り当てたとの知らせが届きました。神宮路の企てを潰すのは、あと一息でございます」

阿部が口を挟んだ。

「密造を仕切るのは、何者でござる」

「淀屋の正一、と申す商人ですが、それは表の顔。大量の火薬を密輸しようとしていたのは、この者です」

「では、鉄砲を密造している場所も突き止められたか」

「いかにも」

「おお」酒井雅楽頭《うたのかみ》が瞠目《どうもく》し、上半身を乗り出して訊く。「どこにござる」

稲葉が下座の酒井を一瞥し、家綱に顔を向けた。

「淀屋は、播磨《はりま》沖《おき》にある、播州獄門島《ばんしゅうごくもんとう》と申す罪人を流す島の役人を賄賂《わいろ》で手なずけ、陰で支配しております。そして、その島には千成屋の船が密かに行き交い、往路は荷を運び込み、復路でも荷を積み込んでいるとのことです」

阿部が言う。

「つまり、運び出す荷が、島で造った鉄砲だと言われるか」

稲葉は、厳しい顔で阿部にうなずき、家綱に顔を戻した。

「捨て人同然の罪人を送る島に目をつけるとは、してやられました。調べましたところ、ご赦免《しゃめん》で戻るはずの者たちが、二年も前から、病で死んだことになっており、一人も帰っておりませぬ」

「鉄砲造りに使い、死なせたと申すか」

「あるいは、金で雇われ、そのまま棲《す》みついておるのやもしれませぬ」

家綱は、浮かぬ顔をした。

「このまま放ってはおけぬな。豊後、大坂に命じて、島を押さえさせてはどうか」

阿部が答える前に、稲葉が言う。

「ご安心を。すでに手練を向かわせております。今日明日にも島を急襲し、神宮路の野望を打ち砕きます」

家綱はうなずいた。

「吉報を待っておるぞ」

「ははあ」

稲葉は頭を下げ、家綱の前から下がった。

この日の夜、稲葉の家臣二十名が船に乗り、夜陰に紛れて島に近づいていた。

月明かりが照らす海は、潮が渦を巻き、泡が不気味なほど白く見える。舵《かじ》を操る者は、ごうごうと音をたてる渦に呑まれぬよう巧みに船を進め、淡い紺色の夜景の中に浮かぶ黒い島に向かった。

岩場の陰に入ると、黒装束の者たちが船縁《ふなべり》に腰かけ、静かに海に入った。

水中に滑り、音もなく進んで岩場から上陸すると、案内役が現れ、囚人を見張る役人が詰める番屋敷を目指した。

上陸した二十名は忍びではなく、手練の剣士だ。

神宮路に毒された役人どもを斬って捨てる許しを得ているため、番屋敷の門前に到着するや、脇門をたたいて訪い、顔を出した門番の口を塞ぐと腹の急所を拳で突いて気絶させ、なだれ込む。

表玄関には向かわず、裏に回って雨戸を打ち破り、中に押し入った。

詰め部屋にいた役人たちが驚き、

「曲者！」

「であえ！」

声を張り上げて抜刀する。

不意を突かれた役人たちは必死に抵抗したが、稲葉の配下たちは次々と斬り伏せる。

稲葉が選《え》りすぐった者たちの剣技は凄まじく、押し入って四半刻（約三十分）もしないうちに、三十余名の腐敗役人を殺害し、屋敷を制圧した。

案内役が頭に近づき、鉄砲の密造をしているのは、屋敷の裏山に掘られた洞窟《どうくつ》内だと教えた。

島に送られた罪人は、その地で自給自足の暮らしをするのが通例だが、この島では、屋敷からほど近い場所に建てられた牢屋に入れられ、昼は働かされて、夜は牢で眠っているという。

案内役が、顔をしかめながら言う。

「牢とは名ばかりで、毎夜のように酒と遊び女《め》が送られ、囚人どもは、働いて得た金で遊んでおります。それゆえ、ご赦免になっても島を離れる者はおらず、住み着いて働いておるのです」

「鉄砲鍛冶《かじ》どもはどこにおる」

頭が問うと、案内役は裏山を指差した。

「麓にある長屋で暮らしています。この者たちは家族を呼び、庶民と変わらぬ暮らしをしております」

「うむ。では、密造の場に案内《あない》いたせ。作り溜めた鉄砲もろとも、鍛冶場を破壊する。船を船着き場に呼び、火薬樽《かやくだる》を持ってまいれ」

「はは」

命じられた数名の配下たちが、岩場に走り去った。

頭は案内役を先に立たせ、裏山へ向かった。

洞窟の入り口には篝火が焚かれ、番人が二人いる。

鯉口を切った頭が走り、気付いて六尺棒を向ける番人に迫る。

「むん」

抜きざまに一人を袈裟懸けに斬り、六尺棒を突き出した二人目の攻撃を払い、胸を突く。

呻き声を吐いた番人は、頭が刀を引き抜くと、両膝を地について六尺棒を落とし、胸を押さえて横向きに倒れた。

「我らは中を検《あらた》める」

頭は一人を残して、火薬樽を持ってくる者たちを迎えに行かせると、篝火の炎を松明《たいまつ》に移して洞窟に入った。

残った一人は火薬樽を取りに行った者たちを迎えに行き、洞窟の前に戻ると、頭と同輩たちが出てくるのを待った。

「遅いな」

一人が不安げな声で言っていると、中から松明を持った者が出てきた。

「やはりここが鉄砲密造の場だ。火薬樽を中へ運べ」

「よし」

二人が樽を担ごうとした、その時、空を切って飛んで来た弓矢に一人が喉を貫かれ、呻き声をあげて頭から突っ伏した。

抜刀したもう一人は胸に弓矢が突き刺さり、それでも敵に向かおうとしたのだが、足の力が抜けて倒れ、動かなくなった。

「毒矢だ」

一人が叫び、弓矢を斬り飛ばした。

「お頭に知らせろ」

仲間をかばって刀を構えていると、闇の中で閃光《せんこう》が明滅し、裏山に轟音《ごうおん》がこだました。

鉄砲で胸を撃たれた侍が吹き飛ばされ、洞窟の入り口に背中をぶつけて倒れた。

目を見開いた侍が、中へ向かって叫ぶ。

「お頭！　敵です！」

叫び終えた侍は、足に何かが当たったので目を向け、息を呑んだ。

導火線に火が点《つ》いた、焙烙玉《ほうろくだま》だったのだ。

逃げようとした刹那、炸裂《さくれつ》した爆風で吹き飛ばされた。

神宮路の配下が、顔を血だらけにして倒れた侍を見つつ洞窟に走り、火薬樽を入り口に置いた。その上に、別の火薬樽を二つほど積み重ね、火薬を地面に引きながら走る。

「やれ」

命じたのは、淀屋の正一だ。

応じた神宮路の配下が、松明を火薬に近づける。

火が地を這《は》って行き、火薬樽が爆発した。

岩が音をたてて崩れ、中に入っていた稲葉の配下たちは、生き埋めにされてしまった。

島中に響くほどの轟音に家を飛び出した鉄砲鍛冶や、外に出た囚人たちが集まり、遠目に見ている。

淀屋の正一は、その者たちの前に行くと、穏やかな口調で告げた。

「鉄砲を造っている場を公儀の者に嗅ぎつけられたので、穴を埋めました。皆さんの仕事は今日で終わりです。最後に、品物を運んでください。そのあと、お手当てを渡しますから、神宮路様のお呼び出しがあるまで、遊び暮らしていてください。くれぐれも、御上に捕まらぬように。いいですね」

囚人と鉄砲鍛冶たちは無言でうなずき、声をかけ合って船着き場に行った。

淀屋は、鋭い眼差しを神宮路の配下に向ける。

「鉄砲を積む船とは別の船に皆さんを乗せてください。この島のことは、すべて消し去るのです」

「承知した」

「では、頼みますよ」

淀屋はそう言いつけると、きびすを返した。

神宮路の配下たちは、淀屋を追い越して船着き場に走っていく。

人気が去り、静かになった裏山の大木から、一人の男が降り立った。

覆面を着け、目の周りも黒く塗っている男は、永井三十郎の配下、一斎《いっさい》だ。

一斎はこれまで単身で動き、鉄砲密造の場を探っていたのだが、崩れ落ちた洞窟の前に立ち、舌打ちをした。

「我としたことが、一足も二足も遅れを取ったか」

鉄の売買をたどり、淀屋の正一に目を付けて探っていただけに、稲葉の手の者に先を越されたことは、生涯の不覚だった。

「上手《うわて》なのは神宮路よ」

生き埋めにされた者たちを哀れみ、そっと手を合わせて成仏を願う。

暗闇の中で、呻き声がした。

一斎は、声がするほうへ顔を向けた。すると、動いている者がいた。

夜目がきく一斎は駆け寄って、重傷を負って仰向けに倒れている男の耳元に顔を寄せた。

「わたしは鷹司様の手の者だ。伝えたいことがあるなら話せ」

男は目が見えなくなっているのか、声の主を探すようにして、消え入るような声で話した。

口に耳を近づけて聞き取った一斎は、目を見張る。

「まことか」

顔を離して思わず訊き返すと、男はこくりとうなずき、身体から力が抜けた。

開いたままの瞼《まぶた》をそっと閉じてやった一斎は、その場から走り去った。

三

「曽祢吉《そねきち》、旦那様のお供をしておくれ」

店の板の間の拭き掃除をしていた若い奉公人が番頭に声をかけられ、はい、と応じて立ち上がった。

「すぐ出られるから、急いで支度をしなさい」

「ただいま」

桶《おけ》の水を裏庭にまいた曽祢吉は、片づけをすませて奉公人の部屋に戻ると、前垂《まえだ》れを外して自分の置き場に丸めて納め、店に戻ってあるじが出てくるのを待った。

曽祢吉は、下働きの奉公人として千成屋に潜入している、稲葉の手の者だ。

店では、大人しくて働き者だと評判で、神宮路に店をまかされている欣右衛門《きんえもん》は、すっかり油断し、どこにでも連れて行くようになっていた。

猫のように音を立てずに歩ける曽祢吉は、欣右衛門を訪ねる者があれば、廊下の掃除をするふりをして様子を探り、人の目を盗んで部屋に近づき、密談を盗み聞いていた。

今より遡《さかのぼ》ること一月半前、店の前に横付けした駕籠から降りた商人のことを出迎えた奉公人たちが、淀屋はんのお着きだと声をかけ、奥の部屋に手厚く迎えたのを不審に思った曽祢吉は、掃除をするふりをして奥の部屋に近づき、欣右衛門との密談を聞いたのだ。

鉄砲の密造に淀屋が大きく関わっていることと、播州獄門島のことは、この曽祢吉が突き止めたのである。

だが、神宮路の居場所は、未《ま》だつかめていなかった。

それだけに、欣右衛門から外出の供を命じられた時は、神宮路の正体をつかめるのではないかと、期待をしてしまう。

店で待っていると、奥から欣右衛門が出てきた。

外着の中でも、特に生地が上等な着物と羽織を着けているところをみると、普段の、商売仲間の寄り合いではないようだ。

金を貸している大名家にでも行くのだろうか。

そう思いつつ、曽祢吉は、草履を履いて店先に歩んで来た欣右衛門に頭を下げた。

欣右衛門が足を止めて、曽祢吉に柔和な顔を向ける。

「行こうか」

「はい」

先に店を出た欣右衛門は、表通りを南に向かって歩いた。

追って出た曽祢吉が後ろに従うと、欣右衛門が立ち止まり、振り向いて言う。

「今日は、わたしの恩人に会わせるから、行儀よくしなさい。気に入られれば、お前の未来は安泰だ。いいね」

「…………」

曽祢吉は、不安げな顔を作り、返答に困る奉公人を演じた。

「今から気を張らなくてもいい。付いておいで」

「は、はい」

遠慮がちな返事をすると、欣右衛門は番頭と目を合わせて、曽祢吉を安堵させるような笑みを向けた。

堀川に待たせていた舟に乗り、淀川に出ると、川をくだって行く。

曽祢吉は、今日こそ神宮路に会えるかもしれぬ、と、気を引き締めた。

このまま仲間に引き入れられることが叶えば、隠れ家も、奴らの企ても探り当てることができる。

そう思った曽祢吉は、純朴な奉公人を演じて、欣右衛門と目が合うと、笑顔で頭を下げた。

舟は一旦海に出て、埋め立てが進む普請場の船着き場に滑り込んだ。

出迎えていた浪人風の男たちが、欣右衛門に丁寧《ていねい》に頭を下げ、広大な原っぱの片隅にある小屋へ連れて行った。

板と柱だけで建てられた粗末な小屋は、人目を憚《はばか》るように、すすきが群生した丘の下に十軒ほど並んでいる。

小屋の周囲には、三十人ほどの男たちがいた。

身なりを黒い着物と袴で揃え、腰に大小を帯びた者たちは、建物を守っているふうだ。

その者たちが向けてくる目つきは、隠しごとを見透《みす》かすように鋭い。

厳重なさまを見た曽祢吉は、小屋は鉄砲の隠し場所ではないかと期待した。ここに神宮路がいるなら、刺し違えてでも役目を果たす。

胸のうちでそう決めて、奥にある仕舞屋《しもたや》風の建物に歩みを進める欣右衛門の背中を見つめて付き従う。

周囲に何もない埋め立て地に、一陣の風が吹いた。

小屋のほうから吹いてきた海風に、微《かす》かだが、油の匂いが混ざっている気がした曽祢吉は、前を歩む欣右衛門の肩越しに、小屋の様子を探った。

板戸は閉《た》てられているが、中に人の気配がある。

奥の仕舞屋風の建物に向かって足を進めた欣右衛門が、自ら戸を開けて、曽祢吉に入れと促した。

「中に、会わせたい人がおられる」

「はい」

曽祢吉は油断なく歩みを進め、戸口から足を踏み入れた。中は外見とは違い、土間があるだけの小屋のようだった。

湿気を帯びた土の匂いがある。

奥の明かり取りの窓辺に一人の男が立ち、こちらに背を向けている。

曽祢吉が見ていると、町人風の男が、気配を察して振り向いた。

狡猾《こうかつ》そうな顔に、曽祢吉が気を引き締める。

この男が神宮路だろうか。

そう思い、曽祢吉は、奉公人らしく頭を下げた。

曽祢吉のあとから入った欣右衛門が言う。

「軍司様、この者が、紹介したい奉公人でございます。純朴な者ですが、よく気がつき、くるくるとよう働きます」

これ、あいさつをせぬか、と言われて、曽祢吉は名乗り、ふたたび頭を下げた。

うなずいた軍司が、曽祢吉に目を向けた。射るような、鋭い眼差しをしている。

曽祢吉は思わず、警戒した。だが、軍司はすぐに相好《そうごう》を崩した。

「なるほど、いい面構えをしている。鍛えれば、使えそうだな」

曽祢吉はかしこまって、みたび頭を下げた。

「顔を上げなさい」

はい、と応じて顔を上げると、軍司が歩み寄り、曽祢吉の目を見て言う。

「我らは今、人が足りずに困っているのだ。ひとつ、やってもらいたいことがある。見事してのけることができた時は、我らのあるじに会わせて、正式に迎えたい。千成屋の奉公人ではなくなるが、手当ては今より増やす。どうだ」

しめた、と、曽祢吉は思い、二つ返事で承諾した。

「何をすればよろしいのでしょうか」

「容易いことだ。来てくれ」

先に外へ向かう軍司に続いて出ると、配下の者が火の付いた松明を持っていた。

軍司はその者から松明を受け取り、曽祢吉に差し出す。

曽祢吉が受け取ると、軍司が配下に顎を引く。

応じた配下が、すぐそばにある小屋の板戸を開けた。中には、手足を縛られ、口を塞がれた男たちが詰め込まれ、湿った藁《わら》を抱かされているではないか。

油の匂いは、藁に染み込ませたものだったのだ。

息を呑み、険しい顔をする曽祢吉に、軍司が言う。

「この者たちは、我らのために播州獄門島で働いてくれていたのだが、公儀の者どもが襲撃をしたせいで、生きる場を失ったのだ。職人の女房子供もいるが、我らの秘密を知っているので、野放しにはできない。そこで、あの世に行ってもらうことに決した」

軍司の言葉を聞いて、小屋の中から悲鳴があがった。

戸口にいる男が目を見開き、必死の命乞いをしている。

惨《むご》いことを考える奴だ。

そう思った曽祢吉は、軍司の背後から鋭い眼差しを向ける。

そんな態度の曽祢吉に、欣右衛門が険しい顔で言う。

「どうした、曽祢吉。この者たちは鉄砲を密造した悪党どもだ。お前にとっては敵だろう。遠慮なく火を投げ込んで、稲葉老中に手柄を挙げたと報告したらどうだ」

「何！」

曽祢吉は、欣右衛門を睨んだ。

殺気に慌てた欣右衛門が、待て、と言い、両手を顔の前に上げて離れた。

「そう怖い顔をしなさんな。鉄砲を密造した職人たちを罰したと思えばいいだろう。いつものように密書をしたためて、繋ぎ役の女に渡せばいいではないか」

「そこまで知られていたのか」

懐に隠している刃物に手を伸ばすと、欣右衛門の目つきが変わった。

「おっと、物騒なものは出さないほうがいい。繋ぎ役の女が、この中で藁を抱いているのだぞ」

「むっ」

曽祢吉は目を見張った。

欣右衛門が顎を振ると、配下が中に入り、若い女を連れ出した。

身体中を痛めつけられていた女は、意識が朦朧《もうろう》としているようだ。

「何をした」

曽祢吉が睨みつけると、欣右衛門がせせら笑う。

「誰の配下か言わぬので、痛めつけてやったのさ。初めは堪えていたが、軍司様の責めは容赦ないのでな、すべて吐露《とろ》したというわけだ。大事な文を託す相手を誤ったな」

「いつからだ」

「ああ？」

「いつから、おれが間者《かんじゃ》だと気付いていた」

「ふん、掃除をするふりをして盗み聞きをしていたようだが、我らが気付かぬと思うて、ずいぶん油断したようだな。播州獄門島の秘密を知った幕府がどう出るか、試させてもらったぞ」

「何……」

「お前の知らせでのこのこ来た者どもは、一人残らず始末した。もっと多くの兵を差し向けるかと思うていたが、我らも舐《な》められたものだ」

「…………」

「で、どうする。小屋に火を付けて密造の大罪人を罰して手柄にするか。それとも、我らに首を刎ねられるか選べ。どの道、用済みのこの者たちに生きる道はない。火を付けて始末し、江戸へ帰ったらどうだ。そうすれば、命は助けてやるぞ。女もな」

欣右衛門が女を抱き寄せて、顎を摑んだ。後ろに回った欣右衛門が、肩越しに曽祢吉を睨み、着物の胸元へ手を滑り込ませたが、女はうつろな目で抵抗もせず、されるがままだ。

得体の知れぬ魔薬に侵《おか》されているに違いない。

そう思った曽祢吉は、舌打ちをして、松明を捨てた。

すると、欣右衛門が目を見張り、困惑した顔をする。

「おい、せっかくの手柄を捨てるのか。小屋の中の者たちは、幕府に抗って鉄砲を造った職人たちだ。悪いことは言わぬから考えなおせ。大坂町奉行に捕らえられても死罪はまぬかれぬ身ぞ」

「だからと言って、焼き殺せるかよ」

曽祢吉は、奉公人の時の顔つきではなくなっている。眼差しが鋭く、屈強な忍びの表情に戻っていた。

欣右衛門が女を突き放し、顔をしかめて頭を抱えた。

「くそ、負けちまった！」

悔しがる欣右衛門とは反対に、軍司がくつくつ笑う。

「わたしの勝ちだな、欣右衛門。約束どおり、銀を払ってもらうぞ」

曽祢吉が睨んだ。

「おれがどうするか、賭《か》けていたのか」

軍司が鼻先で笑う。

「そう怒るな。ただの遊びだ。ここまではな」

笑みを消して手を上げると、配下たちが抜刀した。

曽祢吉は飛びすさり、帯の後ろに隠していた手裏剣を軍司に投げた。

軍司の顔面に迫る手裏剣を、配下が刀で打ち払う。

「殺せ」

軍司が命じると、配下が一斉に抜刀し、曽祢吉に殺到する。

「むん！」

刀を打ち下ろす敵に踏み込み、手首を受け止めた曽祢吉は、足を払って押し倒し、首の急所を拳で突いて殺した。

奪った刀を、次に襲ってきた敵に投げた。

胸に突き刺さった敵が呻き声を吐いて倒れる。

だが、多勢に無勢だ。

隙を突かれて背中を襲われた曽祢吉は、前転してかわそうとしたのだが、浅く斬られた。

激痛に呻きながらも、追って来てとどめを刺そうとした敵の一撃をかわした曽祢吉は、背後に回り、首に手裏剣を突き刺して倒した。

別の敵が殺到してくる。

曽祢吉は、仲間の女を見捨てて逃げた。

小屋の裏から丘へ駆け上がり、急斜面を転げるように下りると、草原を走った。

振り返ると、追って来る者はいない。

曽祢吉は安堵しつつ、遠く霞む町を目指して走った。

一発の銃声が青空に響いたのは、その時だ。

背中に命中した弾丸に身体を貫かれた曽祢吉は、走っていた勢いのまま突っ伏し、苦痛に喘《あえ》ぎながら這って逃げようとしたのだが、目を開けたまま力尽きた。

「さすがは軍司様。お見事です」

新式の鉄砲を構えていた軍司が、満足そうな顔で配下に渡した。

「申し分のないでき具合だ。これを造れる職人を始末するのは惜しい気がするが、翔様の命令には逆らえない。欣右衛門、あとはお前にまかせる」

「承知しました」

「店のほうは、抜かりないだろうな」

「はい。今頃は、引き払っておりましょう」

「では、あとで翔様の隠れ家へ来い」

「はは」

舟で戻る軍司を見送った欣右衛門は、小屋に戻ると、配下に命じて火を付けさせた。

鉄砲を密造していた者たちは、完成した数が外に漏れるのを嫌う神宮路に裏切られ、皆殺しにされたのだ。

稲葉の配下の女は、燃え盛る炎を見てにやけ、やがて、正気を失ったように笑った。

魔薬によって我を忘れている女に冷めた目を向けた欣右衛門は、そっと背後に近づいて、懐から抜いた短刀の柄で後ろ頭を打った。

声もなく倒れる女を見もせずにきびすを返した欣右衛門は、

「いよいよ、翔様が動かれる。徳川の世が終わるぞ」

配下に言い、神宮路がいる大池の隠れ家へ向かった。

その頃、淀城下では、藩主永井右近大夫《ながいうこんのたいふ》の命を受けた藩士たちが町中を走り、淀屋を取り囲んだ。

これより数日前に、神宮路の鉄砲密造を一手に引き受けているのが淀屋の正一だとつかんだ稲葉老中が、右近大夫を城へ呼び、家綱の御前で討伐《とうばつ》を命じたのだ。

城下に、神宮路の重臣ともいえる人物が潜んでいたことに驚いた右近大夫は、布田藩のようになるのを恐れ、即刻成敗すると頭を下げ、藩邸に戻るなり、早馬を飛ばした。

藩主の厳命を受けた国家老の阿川嘉六《あがわかろく》は、自ら指揮を執り、八十余名の手勢を率いて出役《しゅつやく》したのだが、藩の動きを察知してか、淀屋は表の戸を閉め切り、ひっそりと静まり返っている。

あらかじめ探りを入れさせて、あるじ正一の在宅を確かめていた阿川家老に迷いはない。

「一人も逃すな。押し込め！」

軍配を振るって、藩士たちに命じた。

大木槌《おおきづち》を振りかざした藩士が板戸を打ち破り、六尺棒を持った手勢が次から次へと押し入る。

外障子を開けて中を確かめながら、廊下を奥へ奥へと進む藩士たち。

前を行っていた者が、突き当たりの雨戸を蹴破り、目を見張った。

「奥にもう一軒あります」

阿川が行って見ると、藁葺きながらも、店の建物より大きな母屋があった。

「中を調べろ！」

「はは」

声を揃えた藩士たちが、母屋に入った。

だが、人ひとり残っていない。

阿川家老は、母屋の奥にある土蔵の前に立ち、閉ざされた戸を見据えた。隠れているに違いないと睨み、配下に調べるよう命じる。

藩士たちが土蔵の戸を開けて中に入り、すぐに出てきた。

「小箱ひとつ残っていません」

阿川家老が怒りをあらわにする。

「どうなっておるのだ。見張っていたのではないのか」

すると、配下が慌てた。

「誰も出てきておりませぬので、敷地の中にいるはずでございます」

「おらぬではないか！」

「どこかに隠し部屋があるに相違ございませぬ」

顔を青ざめさせている藩士が奥の部屋に入り、床の間の掛け軸を飛ばして壁を見上げ、たたくなどして隠し部屋を探した。

阿川家老に、詳しく調べろと命じられた藩士たちが、母屋を調べにかかった。

壁がある部屋は特に入念に調べたが、返し扉などの細工を施している様子はない。

「残るは床下だ。畳を上げよ」

廊下で阿川家老が命じると、藩士たちは畳を取り除き、床板を外し顔を突っ込んで探した。

「ありました！」

声があがったのは、母屋の中心にある、六畳間だった。畳を上げたところに、人ひとり通れる段梯子《だんばしご》が口を開いていた。

「今、中を調べています」

駆け付けた阿川家老に藩士がそう言う。

程なく、中を探っていた藩士が顔を出し、隣の米屋の空井戸に繋がっていたと報告した。

阿川家老は軍配で膝を打った。

「おのれ、米屋も一味であったか」

外から藩士が駆け込んで来た。

「米屋も誰もおりませぬ。裏から逃げた形跡がございました」

「ええい、くそ！　まだ遠くへは行っておらぬ。追え、追え！」

「はっ！」

声を揃えた藩士たちが表に出ようとした時、廊下の天井から格子の壁が落ちて来た。

母屋をぐるりと閉ざされ、家の中にいた手勢五十数名が閉じ込められてしまった。

外にいた者が力を合わせて格子の壁を上げようとしたが、びくともしない。

阿川家老が怒鳴る。

「抜け穴から出ろ。急げ！」

応じた藩士が段梯子を降りている時、底から奇妙な音がしたので足を止めて見ていると、ごうごうと、水が流れて来た。

「うわ！　上がれ、上がれ！」

慌てて逃げたが、水は穴からあふれるほどに増し、最後に出てきた藩士は、水を吐き出して咳《せ》き込んだ。

これはあとで分かったことだが、裏手に流れる堀川から、米屋の空井戸に水が流れる細工がされていたのだ。

淀屋の正一は、淀藩の者たちが押し寄せることを想定して屋敷を建てており、まんまと逃げたあとに、水を止めている堰《せき》を切っていたのだ。

閉じ込められた阿川家老は憤慨《ふんがい》し、家臣に助け出すよう命じたのだが、厚い鉄の板を張り付けてある格子を外すのは容易ではなく、皆が外へ出られるまでに、丸一日かかったのである。

これを知った稲葉老中は、

「なんたる失態じゃ」

と、江戸城本丸の御座《ござ》の間で報告する藩主永井右近大夫を叱りつけ、上段の間に座し、黙って成り行きを見守っていた家綱に膝を転じた。

「かくなる上は、それがしが兵を率いて上洛《じょうらく》し、神宮路一味を一網打尽《いちもうだじん》にいたしまする」

「まあ待て。右近、ご苦労であった。何かあればまた頼むゆえ、力になってくれよ」

「はは！　次こそは、必ずやお役に立ってご覧に入れまする」

「うむ。下がってよい」

右近大夫が恐縮して御座の間を出ると、家綱は、入側《いりがわ》を背にして座る阿部豊後守に意見を求める眼差しを向けた。

「信平からの知らせを、美濃と雅楽頭に教えてやれ」

「はは」

阿部が応じて、襖を背にして座っている稲葉と酒井に顔を向けた。

「稲葉殿、鉄砲の密造をしていた播州獄門島に手勢を送り、急襲されましたな」

「いかにも」

「裏をかかれ、皆殺しにされたことは、ご存じか」

「馬鹿なっ」

稲葉は絶句した。

阿部が嘆息をついた。

「やはり、ご存じなかったか。実は、永井三十郎も島に目を付けており、手の者が密かに探っていたそうにござる。急襲した者たちは、淀屋に飼われていた役人どもを成敗したあとに、鉄砲の密造がされていたと思しき洞窟に入ったところで、生き埋めにされたそうにござる」

稲葉は不服そうな顔をした。

「信平殿は、見て見ぬふりをされたのか」

「永井の配下が一人のみだったため、どうにもならなかったそうにござる」

「腕が立つ者を集めて行かせたのだが、油断しおったか。上様、それがしを大坂へお遣わしください。必ずや島を制圧し、大坂城も守ってみせまする」

家綱は答えず、阿部が告げた。

「鉄砲を密造していた洞窟に入ったご家来が、息絶える前に永井の配下に告げたことがござる」

稲葉が鋭い眼差しを向ける。

「少しは、お役に立てましたのか」

阿部は口を引き結び、うなずいた。

「播州獄門島で鉄砲を造っていたのは確かでござるが、鍛冶屋の火は落とされ、鉄も僅かしか残っていなかったとのこと。すでに、鉄砲は数が揃ったとみて、間違いないかと」

「なんと。では、なおのこと急がねばなりますまい。大坂城が奪われるようなことがあれば、一大事」

「そのことだが、信平殿の知らせでは、完成した鉄砲が大坂に運ばれた気配がなく、船で江戸に運ばれた疑いがあると、書いておった」

酒井が口を挟んだ。

「江戸の海は船手組《ふなてぐみ》が厳しく見張っております。いかに神宮路といえども、鉄砲を運び入れることはできますまい」

「その船手組の中に、神宮路の毒饅頭《どくまんじゆう》を喰《く》らっておる者がおらぬ保証はどこにもないと思うが」

阿部が言うと、酒井は稲葉に顔を向けた。

「敵の狙いが大坂城の奪還《だつかん》ではなく、上様がおられる江戸城だとすれば、大坂に行かれるのはまずいですぞ」

「分かっておる」稲葉は酒井を睨み、家綱に両手をついた。「上様、ただちに手勢を集め、江戸湾に入っている船をすべて調べまする」

「うむ。さよういたせ」

「はは」

稲葉は頭を下げ、御座の間を辞した。

四

椅子に座り、大池を見つめている神宮路は、部屋に入った気配に顔を向けた。

軍司が歩み寄り、太刀袋に納めた刀を差し出す。

「お検めください」

受け取った神宮路が立ち上がり、黒い袋の紐を解き、取り払う。

鉄の鞘は、光沢のない黒色で渋く、手にずしりと重い。

「なかなか良い」

鯉口を切り、宝刀雲切丸を抜刀した神宮路は、刀身の輝きを確かめると鞘に納め、長机に無造作に置いた。

葡萄酒の器に持ち替えて椅子に座る神宮路に、軍司が報告する。

「淀藩の手勢が、淀屋に押し入ったそうです」

「存外《ぞんがい》遅いな。淀屋の正一は、仕掛けで閉じ込めた藩士どもを家ごと焼き殺したのか」

「いえ、躊躇ったようです」

「ふん、口は達者だが、詰めが甘い奴だ。大坂の千成屋に忍んでいた者はどうした」

「曽祢吉はこの手で始末しました。女は、薬の効きすぎで正気を失い、浪人どものなぐさみものになっています」

「地獄だな。息の根を止めて楽にしてやれ」

「仰せのままに」

「千成屋はどうなっている」

「下知に従い、各地の千成屋はすべて店じまいを終え、奉公人はめいめいの実家へ帰りました」

「そうか」

「…………」

軍司が何か言いかけて、口をつぐんだ。

「言いたいことがあれば遠慮するな」

「はい」

軍司が、躊躇いがちに言う。

「合わせて一万の奉公人を使わぬ手はないかと。女と小僧はともかく、若い衆の中には腕っぷしが強い者もおりました。その者たちを集めれば、雑兵《ぞうひょう》として使えたのではないでしょうか」

神宮路は、軍司を見据えた。

「黒田家を潰すのを信平に阻止されたことで、大名どもは態度を変え、貸した金をこぞって返してきたのであろう」

「はい」

「それが何を意味するか、分からぬお前ではあるまい。奉公人を加えたとて、近隣の大名が動かねば、大坂にいる手勢で城を落とすのは無理だ」

軍司は神妙な顔をした。

「では、このままあきらめるのですか」

「あきらめるものか。鉄砲と軍資金が例の場所に到着すれば、勝機はある。泰平の世にあぐらをかいている在府《えど》の大名旗本どもに、鉄砲で武装した我らは止められまい。江戸市中が戦火に包まれれば、与するのを渋っている大名も、重い腰を上げる。その時が、まことの勝負だ」

「はい」

「田舎大名どもに鉄砲を売った金と、返された金を合わせた軍資金と共に、彼《か》のお方に預けた鉄砲は何挺だ」

「淀屋が申しますには、五千挺です」

神宮路は、軍司に鋭い眼差しを向けた。

「淀屋は、彼のお方が鉄砲をどうやって運ぶと言うていた」

「それが、一人知れば、百人の耳に届くなどと申して、はっきりと申しませぬ」

「淀屋め、わたしを見くびっているようだな」

「朝倉藩のことが、奴に付け入る隙を与えてしまいました。今では、翔様の大恩を忘れ、彼のお方の腰巾着《こしぎんちゃく》になっております。始末いたしますか」

「急ぐことはない。使い道はある」

「はは」

神宮路が葡萄酒の器を空けると、軍司が注ぎ、そういえば、と切り出した。

「公儀は、我らが島から運び出した鉄砲を船で江戸へ送ったとみたらしく、厳しい調べをはじめたそうです」

「ふん。船主は、災難であるな」

「はい。怪しい動きをする者は容赦なく捕らえ、中には抜け荷が発覚した者もいるそうです」

「それだけ調べているなら、いずれ、陸に目を向けよう。浪人どもを急がせろ」

「はは」

五

神宮路が懸念したように、程なく陸に探索の目を向けた稲葉は、江戸に入る手前の関所に早馬を走らせ、検めを厳しくするよう通達した。

これにより、荷検めが入念にされ、旅人たちの往来が多い東海道《とうかいどう》の箱根《はこね》関所などでは、行列が一里も続いた。

また、陸に目を向けたことで分かったことがある。

主立った街道の関所を通り、江戸に入ったと思われる浪人が、二万人を超えていたのだ。

事態を重く見た稲葉は、ただちに城に参じて、合議した。

話を聞いた家綱が訊く。

「いつから増えているのだ」

「半年前からにございます。こうしているあいだも、上方《かみがた》のみならず、日《ひ》ノ本中《もと》から集まっていると思われます」

「その者たちの行方は、分からぬのか」

「町方に調べさせておりますが、名を変え、姿を変えて潜んでいるらしく、行方がつかめませぬ」

稲葉に代わって阿部が家綱に言う。

「鉄砲のことが油断なりませぬ。百姓町民、旅の侍の持ち物は厳しく検めますが、諸大名の行列が持っている荷物までは調べられませぬ」

家綱が、驚いた顔を向ける。

「神宮路に与する大名が、他にもおると申すか」

「そう疑い、守りを怠らぬほうがよろしいかと。信平殿が黒田家の改易を救ったことで、千成屋に借財をしていた大名たちは御公儀の目を恐れ、急ぎ返金して関わりを断ったそうにございます。それに合わせるように、各地の千成屋は店をたたみ、奉公人たちは離散したそうです」

「では、諸大名は千成屋を捕らえなかったのか」

「御公儀よりも、神宮路の仕返しを恐れ、金を返すのが精一杯の様子。城下から千成屋が消えてなくなり、安堵しているのではないかと。そのいっぽうで、大名の中には、返す金がない家もございましょう。布田藩の二の舞にならぬよう用心して、密かに通じている家があると思われたほうが、よろしいかと」

稲葉が言う。

「阿部殿は、大名が神宮路の鉄砲を運んで来ると、お思いか」

「守りを怠らぬほうがよいと、先ほどから申し上げている」

稲葉が、酒井に顔を向ける。

「近々江戸にまいる大名が知りたい」

「はは」

酒井が、脇に置いていた帳面を引き寄せて手に取り、めくった。目を走らせ、顔を上げて言う。

「八月に国許を発つ西国大名が、怪しいということになりますな」

うなずいた稲葉が、目ぼしい者がいるか、と訊く。

酒井はさらに帳面をめくり、難しい顔をした。

これは、と言い淀む酒井に、家綱が訊く。

「八月に国許を発つのは誰じゃ」

「佐賀藩鍋島家《さがはんなべしまけ》から、届けが出ておりまする」

酒井の答えに、稲葉が言葉を加える。

「鍋島家には、黒田家と一年交代で出費が嵩《かさ》む長崎の警固をさせておりますが、佐賀藩は支藩が三つございますので、本家の実質石高は少なく、財政は厳しいはず。神宮路に借財をしておるやもしれませぬ」

これには阿部が異を唱えた。

「鍋島家の当代は、支藩をよくまとめられ、領内も安定していると聞く。忠義も厚いお方ゆえ、神宮路に与するとは思えぬが」

稲葉がすかさず言う。

「藩侯がそうでも、家臣は分かりませぬぞ。支藩の者も、本家のやりようを不服に思うておるという噂もございます」

鍋島家をめぐって、阿部と稲葉にいささかの争いが起きたが、家綱が制した。

「二人ともやめよ。今は揉めている時ではない」

押し黙る二人を交互に見た家綱が、稲葉に目をとめる。

「美濃、藩の非を探して潰そうとするのはやめよ。神宮路のような手合いに目を付けられぬためにもな」

稲葉は不服そうな顔をしたが、それは一瞬のことだ。

「はは。肝に銘じまする」

家綱に頭を下げて、阿部と向き合い、黙って目礼した。

家綱が酒井に訊く。

「雅楽頭、鍋島家の他に届けは出ておらぬのか」

「ございます」

酒井が困った顔をした。

「されど、譜代か親藩のみにございます。神宮路に目を付けられそうな豊臣恩顧の外様は、鍋島家のみにございます」

すると、稲葉が厳しい顔をした。

「神宮路の力は侮れぬ。譜代とて、金に困れば家中の者が悪事に手を貸すやもしれぬ。上様、鉄砲を江戸に入れぬためにも、譜代も外様も問わず、関所では厳しくするしかございませぬ」

家綱が稲葉に顔を向けた。

「大名家の荷を検めるつもりか」

稲葉が両手をついた。

「二万を超える怪しい浪人が潜む江戸に大量の鉄砲を入れてしまえば、我らに不利となりまする。荷検めに不服を申し立てる大名があらば、謀反の企てありと、その場で厳しく追及するべきかと存じまする」

「それで、鉄砲が入るのを止められるか」

「弾丸の一粒も、入れさせませぬ」

「うむ。さよういたせ」

「はは」

阿部が口を開いた。

「江戸に潜む浪人どもは、それがしにおまかせください」

家綱が顔を向ける。

「いつぞやのように、浪人狩りをするつもりか」

由井正雪《ゆいしょうせつ》と共に幕府転覆を狙った、いわゆる慶安《けいあん》の変を起こした丸橋忠弥《まるばしちゆうや》の弟子、南部信勝《なんぶのぶかつ》の企てを阻止するために、御先手組《おさきてぐみ》と町奉行が力を合わせ、江戸市中の浪人を大勢捕らえたのは、信平がまだ、松姫と添い遂げる前の話だ。

信平の活躍によって南部一味の企ては阻止できたが、このたびは、浪人の数が違いすぎる。

家綱は、浪人狩りをすることで、一味が決起して抗い、江戸が戦場になりはせぬかと案じた。

「江戸の民を混乱させてはならぬ」

この家綱の言葉に、酒井がはっとした。

「もしや、神宮路の狙いはそこでは。我らが浪人どもを捕らえにかかり、大混乱が生じた隙に、一気に攻めようとしておるかもしれませぬ」

阿部が、稲葉と顔を合わせて、示し合わせたように、同時にうなずいた。

阿部が言う。

「神宮路は、鉄砲を江戸に入れるつもりがないやもしれぬ」

「それがしも今、そう考えました」

稲葉が言い、家綱に顔を向ける。

「江戸に近いどこかに鉄砲を運び、そこで軍勢を整え、江戸が騒がしくなるのを待っておるやもしれませぬ」

「二万の浪人以外に、兵を隠していると申すか」

酒井が膝を進め、両手をついた。

「ただちに勘定奉行に命じ、江戸周辺の村を調べまする」

「急げ」

「はは」

酒井は立ち上がり、書院の間を辞した。

家綱が、阿部に顔を向ける。

「信平はその後、何か言うてきたか。城を騒がせたひょうたん剣士を倒したように、首謀者である神宮路を見つけ出して成敗してくれれば、ことはすみそうなものじゃが」

「葉山善衛門殿からの文では、信平殿は淀藩の失態を知り、淀屋の正一に目を付けたようにございます。鉄砲の密造をまかされている人物を探れば、必ず神宮路と接触すると見て、行方を捜しているとのこと」

「さようか」

稲葉が鼻で笑ったので、阿部が睨んだ。

「いかがなされた」

「これは失礼。鉄砲の密造を終えた今、神宮路が淀屋の正一を重用するとは思えませぬ。信平殿がしていることは、的外れの遠回りになりましょう。我が手の者に、神宮路の居所を探らせておりますので、見つけ次第、成敗いたしまする」

「ずいぶん自信がおありのようだが、目星を付けておられるなら、隠さず上様に申し上げられよ」

「隠すつもりはござらぬ。上様には、はっきりした時にご報告するつもりでございました」

稲葉は家綱に向いて言う。

「鉄砲の行方を探ると同時に、神宮路を見つけ出し、必ず成敗してご覧に入れまする」

信平を頼る阿部よりも自分が優れていると言わんばかりの稲葉の態度に、家綱は、厳しい眼差しを向ける。

「誰が先というのにこだわっていては、強敵には勝てぬ。神宮路の居場所が分かり次第、信平にも知らせよ」

「承知つかまつりました」

神妙な態度で頭を下げた稲葉であるが、その横顔には、自信に満ちた色が浮かんでいる。

阿部は、稲葉が功を焦っているように思え、一抹《いちまつ》の不安を覚えた。

六

ひょうたん剣士の異名を取った宗之介が、西大谷《にしおおたに》から清水寺《きよみずでら》に登る途中の無縁墓に葬《ほうむ》られたのは、ふた月前になる。

激しい雷雨が去り、蒸し暑さが増した、とある日の夕刻に、どこからともなく現れた者が、無縁墓の石碑に線香を供えて、静かに手を合わせた。

永井三十郎に見張りを命じられていた菊丸は、花と線香と蠟燭など、墓参りに必要な物を露店に並べて商売をする店の者になりすまし、訪れる者に目を光らせていた。

宗之介が眠る墓前で手を合わせる者が現れるとは思っていなかっただけに、菊丸は驚き、少々慌てた。

雇い主の老婆が引き留めるのも聞かずに店をあとにした菊丸は、墓に参る者の顔を確かめようと、おびただしく並ぶ墓の中を大きく迂回《うかい》して、無縁墓の裏手に回った。

訪れているのは、男一人だけだ。

光沢のある鼠色《ねずみいろ》の単衣《ひとえ》に黒い袴を着けた男は、総髪を束ねている。

薄暗いせいで、表情はよく見えなかったが、立ったまま手を合わせる姿に隙はまったくなく、あたりを探る気配が伝わってきた。

離れたところから様子を見ている菊丸は、鳥肌が立った。

「もしや、神宮路では」

そう独りごちるほど、発される気は尋常ではないのだ。

やがて男は、来た道を戻りはじめた。

西大谷の本堂を見下ろす坂道をくだる男の跡をつけはじめた菊丸は、坂の中ほどまで行った時、ふと、足を止めた。背後に、凄まじい殺気があるのに気付いたのだ。

まさにそれは、突然現れた。

振り向けば斬られる。

そう思った菊丸は、坂道のほとりに落ちているごみを拾うと、仏具屋の老婆に雇われた者になりきり、使いにでも出かけるふうを演じて歩みを進めた。

これに合わせて殺気も動く。

前を行く男は、後ろのことなど気にせぬ様子でくだってゆく。そして、西大谷の横を通り過ぎて坂をくだりきると、祇園社《ぎおんしゃ》の方角へ歩みを進める。

殺気の主が、前を行く者の手の者なら、このまま跡をつけるのはまずい。

菊丸は、左の路地に曲がると、先を急ぐように小走りをはじめた。

殺気が消えた。

家の角に隠れて路地を探ると、家に挟まれて薄暗い路地の先にある大路を、編笠《あみがさ》をつけた黒い人影が横切った。

菊丸は路地を戻り、編笠の後ろ姿を追った。

大路は、暗くなる前に家路を急ぐ者たちが行き交い、油断すれば見逃してしまう。

編笠の男は足を速め、墓参りをした男に近づいて行く。

墓参りの男は左に曲がり、町家に挟まれた人気のない道を急いだ。

編笠が走って追い越し、くるりと振り向いた。その刹那、腰を落として足を前後に開き、鯉口を切った刀の柄に右手を添えて、鋭い眼差しを向ける。

「神宮路翔、見つけたぞ。我が兄の仇《かたき》!」

元布田藩の藩士と名乗った侍は、抜刀した。

神宮路と呼ばれた男は、臆することなく対峙している。何か言ったようだが、菊丸には聞こえなかった。

「黙れ!」

編笠の男が叫び、刀を振り上げて斬りかかった。

神宮路は懐に飛び込み、一撃をかわしてすれ違っただけのように見えたのだが、空振りした編笠の男は、切っ先を下げたまま立ち止まり、動かなくなった。その刹那に呻き声を吐いて刀を落とし、両手で腹を抱え込むようにして、横向きに倒れた。

腹の急所には、短刀が刺さっている。

振り向き、着物の襟《えり》をなおす神宮路の顔を、菊丸は物陰から見た。

感情を表に出さぬ冷酷な眼差しを男に向けていた神宮路は、あたりに目を配り、足早に立ち去る。

咄嗟に隠れていた菊丸は、神宮路を追うべく家の角から歩み出た。その刹那、不意に湧いた殺気に振り向く。

目の前に迫る黒い影に驚き、飛びすさろうとしたが、相手の動きが勝った。

「うっ」

腹に突き入れられた大刀に呻き、白刃を両手で摑んだ菊丸は、見開いた目を相手に向けた。

殺気を感じていたのは布田藩の元藩士ではなく、この男のものだったのだ。

菊丸は、帯の後ろに忍ばせている小刀を抜いたのだが、相手が刀を引き抜いて離れ、向きを変えて去った。

「ま、待て」

追おうとした菊丸であったが、一歩進んだところで足の力が抜け、家の板壁にぶつかって倒れた。

刀を納めて歩む男の前に、辻から神宮路が歩み出る。

「軍司、今のは何者だ」

「おそらく、永井か信平の手の者かと。墓場の仏具屋に化けて、翔様を見張っておりました。京は危のうございます。急ぎ戻りましょう」

応じた神宮路は、薄暗い路地から足早に立ち去った。

悲鳴があがり、倒れた菊丸に駆け寄る者たちがいた。

石畳のすれすれを、羽虫の群れが音もなく舞っている。

その羽虫の中に血まみれの手を差し伸べた菊丸は、動いたらだめだ、と言って心配する町の者たちの前で呻き声を吐いて這い、倒れている男の元へ行き、着物を摑んで身体を揺すった。

「おい、しっかりしろ」

薄目を開けた男に、菊丸は痛みに耐えながら訊く。

「おぬしが斬ろうとした男は、神宮路に、間違いないのだな」

「はい」

「我らも神宮路を追う者だ。何か、奴にたどり着ける手がかりはないのか」

男は、震える手を胸元に入れようとしたところで、こと切れた。

菊丸は、男が出そうとしていた物を摑み出すと、袂にねじ込み、力を振りしぼって立ち上がった。

滴《したた》り落ちる血を見て、町の女が悲鳴をあげた。

もはや、その者たちのことが目に入らぬ菊丸は前を見据え、歯を食いしばって足を引きずり、壁にもたれながら、その場から去った。

第四話　暁《あかつき》の火花

一

夜遅く、道謙からの使者で菊丸の死を知らされた信平は、祇園社の裏手に暮らす陰《おん》陽師《みようじ》、加茂《かも》光行《みつゆき》の屋敷に急いだ。

出迎えたのは、孫の光音《みつね》だ。神宮路の配下だった三宗《みつむね》に呪詛《じゆそ》をかけられ、魔眼《まがん》の光をはなっていた弓の紗那《さな》を光音が助けたのは、記憶に新しい。

その光音が、神妙な顔で頭を下げる。

信平は、先に立って案内をする光音に続いて廊下を歩んだ。

枯山水の見事な庭は、月明かりの中では暗く沈み、ひっそりしている。

光音は、手燭《てしよく》で信平の足下を照らしながら奥に進み、離れ屋に向かう。苔むした庭に渡された廊下を歩んでいる途中で、白檀《びゃくだん》の香りが風に流れてきた。

菊丸は、ほんとうに死んでしまったのだ。

立ち止まり目を閉じた信平は、悲しいため息をついた。

足を止めた光音が、心配そうな顔をしている。

供をしている善衛門が、殿、と言って促すので、信平は歩みを進めた。

離れの部屋に入ると、蠟燭と線香が供えられ、布団に寝かされ、顔に白い布を掛けられた菊丸がいた。その足下に、永井三十郎と一斎が座っている。

信平に気付いた二人が、悲しげな顔で頭を下げた。

案内を終えた光音は廊下で頭を下げ、母屋に戻った。入れ替わりに部屋に入る者に目を向けると、光行と道謙だった。

「師匠」

信平が頭を下げる。

道謙は、うむ、と応じ、光行と共に菊丸のそばに座した。

菊丸に手を合わせ、信平に顔を向ける。

「光行と盃を交わしている時に、この者が助けを求めてまいったのじゃ。手を尽くしたが、救えなんだ。許せ」

信平は無言で首を振る。

永井が、道謙と光行に両手をついた。

「我が配下の者が、お世話になりました」

揃って頭を下げる永井と一斎に、道謙が渋い顔を向ける。

「菊丸を斬ったのは、神宮路の手の者じゃ。これを託された」

道謙は懐から紙を出し、信平に渡した。

「神宮路に斬りかかった布田藩の元藩士が、持っていたものじゃ」

信平は、血が付いた紙を開いた。そこには、宗之介が葬られた場所が記され、一段下に、常葉《ときわ》の女将《おかみ》、淀屋正一、という字が並び、丸で囲まれていた。

道謙が言う。

「菊丸は、これをお前に渡してくれと言い残した。淀屋正一とは、何者じゃ」

「神宮路に与する者で、鉄砲の密造は、この者が差配をしています。行方が分からず、捜しているところです」

「では、常葉の女将は、妾《めかけ》といったところか。菊丸はそう睨み、お前に渡すために、ここまで来たのであろう」

永井が、顔を下に向けて袴をにぎり締めている。

一斎は、赤くした目を菊丸に向けていたが、立ち上がって信平に歩み寄り、座して両手をついた。

「それがしに、おまかせください。淀屋を見つけ出せば、必ず神宮路にたどり着けます」

永井が、よせ、と言って止めた。

「お前は菊丸を殺されて、冷静さを欠いている。今のままでは、敵に気付かれる」

「しかし……」

一斎は老練な者だ。言われなくても分かっているだろう。

それでも行かせてくれと言ったが、信平は許さなかった。

「ここは、鈴蔵に行かせよう。所司代殿ならば、常葉の場所をご存じやもしれぬ。我らは戻るゆえ、三十郎と一斎は、菊丸を弔《とむら》ってやってくれ」

永井が頭を下げた。

「おこころ遣い、痛み入りまする」

一斎が信平に言う。

「弔いをすませましたら、鈴蔵殿の手伝いをさせてくだされ。足手まといにはなりませぬ」

「分かった。頼む」

信平が立ち上がると、供をしていた善衛門と頼母も続いた。

「待て」

道謙に言われて、信平が顔を向ける。

「お前はここへ泊まり、明日わしに付き合え」

「どちらに行かれるのですか」

「公家《くげ》の屋敷じゃ。神宮路の名を前に聞いた時、どこかで耳にした名じゃと思いながら記憶が出てこぬので、胸につかえておったのじゃが、空色の狩衣を着たお前を見て、たった今、思い出した。確か、久瀬《くぜ》の屋敷に出入りしておった商人じゃ」

信平は座りなおした。

「久瀬智長《ともおさ》様ですか」

「さよう。覇気《はき》が強い男だ。勅使《ちょくし》として江戸に行くことがあるせいか、羽振りが良い。父親とは懇意《こんい》にしておったが、息子の智長殿とは、ここ数年のあいだに疎遠《そえん》になっておった」

善衛門が信平に言う。

「殿、神宮路とは、金の繋がりがあるやもしれませぬ。久瀬様にお訊《たず》ねすれば、神宮路の居所をご存じやもしれませぬぞ」

「素直にお教えくだされればよいが」

信平が案じると、道謙がしたり顔をした。

「拒めば、あの者もぐるということじゃ」

信平はうなずいた。

「では、お会いしてみましょう」

信平は善衛門に、先に戻って常葉のことを牧野に訊くよう頼み、この夜は、永井らと菊丸の弔いをした。

翌朝、信平は、玄関で見送る光音に礼を言い、門から出てみると、足が達者な道謙は、すでに祇園社の角を曲がるところだった。

急いで追い付いた信平は、道謙に従って四条橋《しじょうばし》を渡り、久瀬邸へ向かう。

実家の鷹司邸と九条邸《くじょうてい》に挟まれた堺町御門《さかいまちごもん》を潜ると、御所の西側に軒を連ねる中にある、久瀬邸を訪ねた。

出てきた門番を見て、道謙が言う。

「見ぬ顔じゃな。新入りか」

「は、はあ」

「わしが誰か知っておるか」

門番は首をかしげた。

「道謙じゃ」

「道謙様……」

疎遠になっているあいだに入れ替わった門番であれば、道謙を知らぬのは当然であろうが、そこは遠慮がない。

「まあよい。あるじに用がある。入れてくれ」

道謙を知らぬ若い門番は、約束しているかと訊いてきた。

帝《みかど》の縁者でありながら、長らく隠棲《いんせい》している道謙だ。名を知らぬ者が多いのは仕方がない。

約束などしておらぬ、と言った道謙が、信平の袖を引っ張った。

「この者はわしの弟子、鷹司松平信平じゃ。知っておるか」

門番は瞠目した。

「お名前は、存じ上げておりまする」

「さようか。よしよし。ちと、あるじ殿に話がある。呼んでまいれ」

禁裏《きんり》で要職を務める智長を門まで呼べと言われて、門番は戸惑いを隠さぬ。

動かぬ門番に、道謙は気忙《きぜわ》しく言う。

「何をしておる。早ういたせ」

「しょ、少々、お待ちを」

慌てて中に入り、家の者に告げたのだろう、程なく、久瀬家に仕える青侍《あおざむらい》を連れて戻った。

四十半ばとおぼしき男は、道謙をよく知っていたらしく、門番が大変な無礼をしたと平あやまりし、様子をうかがうような顔を上げた。

「どうぞ、お入りください」

「おお、そうか。では信平、まいろう」

「はは」

先に立つ青侍に続いて門を潜った。石畳を歩んで玄関から母屋に上がると、黒光りがする廊下を奥へ進み、池と築山《つきやま》が美しい庭を見渡せる客間に通された。

部屋ではすでに、あるじ智長が一人で待っていた。五十路《いそじ》だと昨夜道謙から聞いていたが、色白で顔の艶《つや》も良く、若々しい。

道謙を見るなり、智長は笑みを浮かべた。

「お久しぶりにございます。五年ぶりでございますか」

目尻を下げて訪問を喜び、上座を促す。

「わしは隠棲の身じゃ。気をつかうでない」

飄々《ひょうひょう》と応じた道謙は、上座から下りている智長の前に行き、あぐらをかいて座った。

信平が道謙の後ろに座ると、智長が親しみを込めた顔を向けた。

「お目にかかるのはお初でございまするが、信平殿の江戸でのご活躍、下向した折に、耳にしておりましたぞ」

信平は頭を下げた。

「急の訪問、申しわけございませぬ」

「なんの」

智長は目を細め、人の好さそうな顔をする。

「して、道謙様、今日は遊びに来てくださったのですか」

道謙は真顔で言う。

「そなたに訊きたいことがあってまいった」

ほうほう、という顔をして、智長がちらりと信平を見た。不安そうで、探るような目つきをしている。

道謙が続ける。

「信平は今、神宮路の行方を捜しておるのだが、以前、ここに出入りしておった商人が、確か同じ名であったな」

久瀬の顔色が一瞬曇ったのを、信平は見逃さなかった。

久瀬がふたたび信平をちらりと見て、道謙に言う。

「その者は確かに出入りしておりましたが、今は、縁を切っております」

いささか暗い声になった久瀬が、借財をして酷い目に遭《あ》わされたと、愚痴《ぐち》をこぼした。

取り立てが厳しく、食べる物も買えない時期があったという。

「道謙様がぷっつり来られなくなったあとのことでございます。まことに、苦労しました」

「そうであったか」

「あの者が、何かしたのですか」

「宮中までは噂も届いておらぬか。神宮路は、大胆にも、徳川を転覆させようとたくらんでおるのじゃ」

「なんと！」

「あの者が豊臣の家臣の末裔だと、知っておったか」

久瀬は、ふくよかな頰を揺さぶって首を横に振った。

「今、初めて知りました。まことに、徳川に戦を仕掛けようとしているのですか」

「どうやらそうらしい。居場所が分からぬか。なんでもよいから知っておることを教えてくれ」

道謙に言われ、久瀬はうつむいて考える顔をした。そして、思い出したような顔を上げる。

「縁を切る前のことですが、大池の畔《ほとり》に寮を建てるので、一軒買わぬかと誘われました。とても手が出せる値ではなかったので断ったところ、借財をなしにしてやるので、当家の別邸として名前だけでも貸せと言いましたものですから、無礼千万と叱り、出入りを禁じたのです」

「その場所は、分かりますか」

信平が訊くと、久瀬は首を横に振った。詳しいことは、何ひとつ聞いていないと言う。

「お役に立てず、申しわけない」

頭を下げる久瀬に、道謙が言う。

「何やら、屋敷が騒がしいの」

確かに道謙の言うとおり、屋敷の中は人が忙しくする音がしていた。しかしそれは、不快なほどではなく、微かに聞こえる、といったところだが、道謙は気になったらしい。

久瀬が、扇で口を隠して笑った。

「ほっほっほ、さすがは道謙様、お耳がよろしいようで。今、静かにさせまする」

「よい、もう帰るゆえな。そなたは忙しい身じゃ。帝の代理で伊勢神宮《いせじんぐう》にでもゆくのか」

久瀬の顔に、戸惑いの色が浮かんだ。

「だと良いのですが、江戸に下向するのです。何度か旅をしておりますが、江戸は遠い。どうも、気が乗りませぬ。信平殿の前でこう申すのも気が引けるのですが、江戸の食べ物は塩辛《しおかろ》うて、口に合いませぬ」

久瀬はいやそうな口元を、ふたたび扇で隠した。

道謙が笑った。

「何も変わっておらぬな。これもお役目じゃ。辛抱せい」

「はい」

恐縮する久瀬に邪魔をしたと言い、道謙は立ち上がった。

「信平、帰ろう」

「はは。久瀬殿。江戸へはいつお発ちですか」

「御公儀との約束の日までは時がありますので、支度が整い次第発ち、道謙様がおっしゃったように伊勢にでも寄って、ゆるりと旅を楽しもうと思うておりまする」

「江戸は今、騒がしくなっておりますので、道中お気をつけください」

「ご忠告、うけたまわりました」

部屋を出る道謙に続いた信平は、玄関に向かいつつ、忙しく働く家中の者がこちらの様子をうかがっていることに気付いたが、目を向けることなく、屋敷から出た。

「家までお送りします」

「うむ。お前に見せたい物があるゆえ丁度良い」

先に立つ道謙に従って歩み、下鴨村《しもがもむら》の照円寺《しょうえんじ》裏にある家に行くと、おとみが喜び、酒肴を調えてくれた。

「今日は、湯葉《ゆば》のさしみをこしらえました。お口に合うかどうか」

醬油出汁《しょうゆだし》をかけて、わさびを付けていただく味は絶品だった。

「旨い」

信平が微笑んで言うと、おとみが喜び、伏見《ふしみ》の酒だと言って酌をしてくれた。

一息ついた道謙が、やおら立ち上がって奥の部屋に行き、持って来た鞘を信平に渡した。

螺鈿梨地蒔絵を施された、美しい鞘だ。

道謙が座り、盃を片手に言う。

「それは、わしが叡山《えいざん》に隠棲を決めた時、智長の父、智光《ともみつ》に譲った雲切丸を納めていた鞘じゃ。留守の時に届けられておった」

「久瀬様が、返しに来られたのですか」

「いや、京で名が通ったこしらえ屋じゃ。わしが智光に譲ったのを知っておったので、金に困った智長が手放したものと思い、鞘だけでも返すと言うて、置いて帰ったのじゃ」

そこまで言った道謙が、酒を飲み干し、信平に厳しい顔を向けた。

「こしらえ屋が申すには、鞘を改めさせたのは商人風の男らしい」

「久瀬様の借財の形《かた》に、神宮路が奪ったのでしょうか」

「わしはどうも、悪い予感がしてならぬ。智長めが、神宮路に深く関わっておらねばよいが」

「調べてみます」

「まあ飲め」

「はは」

一刻（約二時間）ほど道謙に付き合った信平は、所司代屋敷に戻るべく、立ち上がった。

「もう帰るか」

「はい。馳走《ちそう》になりました」

おとみにも礼を言って外に出る信平を、

「途中まで送ろう」

と、道謙が言い、肩を並べて歩んだ。

林の小道に入り、見送るおとみが見えなくなった時、道謙が立ち止まり、厳しい目で見つめてくる。

「信平よ」

「はい」

「言うまいと思うていたのじゃが、昨夜光音から、わしとお前が会うのはこれが最後かもしれぬと告げられた。わしは年じゃが、まだまだ死なぬと言うてやった」

「長生きをしていただかなくては困ります」

「気になるのは、わしのことよりお前じゃ」

「…………」

「お前を拾うてくれた家光公に義理立てして、当代の将軍に尽くしておるのやもしれぬが、くれぐれも、命を粗末にするでないぞ。この世の時の流れというものは、なるようにしかならぬ。神宮路とやらが天命を受けてこの世に生まれた者ならば、徳川が抗おうとも、どうにもならぬ。また、その逆もしかりじゃ。当代の将軍が天命の下に生をなしておれば、この世は変わらぬ。そこの見極めを誤り、命を落とすでないぞ。また、旨い酒を飲もうではないか」

信平は笑顔で応じた。

「必ず、ご尊顔を拝しにまいります」

「うむ」

にっこりと笑う道謙に、信平は頭を下げた。

一陣の風が木々の枝を騒がせ、信平の狩衣を揺らして吹き抜ける。

信平が顔を上げると、道謙の姿はもう、どこにもなかった。

二

所司代屋敷に戻った信平は、門まで来て待ちかねていた善衛門と宮本厳治《みやもとがんじ》に出迎えられた。

信平の姿を見て駆け寄った善衛門が訊く。

「殿、久瀬様の様子はいかがでござった」

「ふむ」

信平は門を潜り、人気のないところで立ち止まった。

「師匠が久瀬様に託された宝刀が、神宮路と思われる者に渡っていた」

善衛門は驚いた。

「繋がっておるのですか」

「縁は切れているとおっしゃったが、まことかどうかは分からぬ」

信平は気配に気付き、顔を向けた。

門から玄関まで続く石畳を歩んで来たのは、永井三十郎だ。

「菊丸の弔いをすませてまいりました。これより探索に戻ります」

「そのことだが、所司代殿と動いてもらいたい」

永井が意外そうな顔をした。

「何か、ございましたか」

「ふむ。麿と共にまいれ」

「はは」

皆と玄関に歩みつつ、信平は善衛門に訊く。

「常葉の件は、いかがであった」

「そのことです。所司代殿が、店をご存じでした」

廊下を歩みながら善衛門に教えられたのは、常葉は、二条城の南側にある料理茶屋で、所司代屋敷からも近いので、牧野もそうだが、与力たちも酒を飲みに通っているという。

信平はうなずき、善衛門に訊く。

「では、所司代殿は女将と親しいのか」

「それについて、殿に直にお話ししたいとのこと。これはそれがしの勘でござるが、何か、事情がありそうですぞ」

善衛門の後ろを歩んでいた厳治が、信平にそっと歩み寄る。

「ご老体は、男女の仲をお疑いです」

驚いて善衛門に顔を向ける信平。

「そうなのか」

善衛門がうなずく。

「所司代殿にお話しした時、動揺されて、頭を抱えておられましたので、殿に直に話したいと申される理由は、他にありますまい」

廊下を進み、障子が開けられた牧野の部屋の前で片膝をついて訪うと、畳を踏みしめる音が近づき、牧野が廊下に顔を出した。

「待っていたぞ。中へ入られよ。さ、早く」

「はは」

信平は、善衛門と永井と共に入った。

牧野が障子を閉めると、巌治は入り口を守るように廊下へ座る。遅れて現れた頼母が、巌治と示し合わせ、人を近づけぬように警戒した。

「やられた」

牧野が頭を抱えるので、信平は、女将と男女の仲ではなかろうかと善衛門が言ったことを伝え、率直に訊いた。

すると、驚いた顔を上げた牧野が、善衛門に目を向けた。

善衛門が目をそらす。

牧野は、困り顔で言う。

「男女の仲というわけではない。ただ、配下の与力が、常葉の女将に入れ込んでおる。京の千成屋を取り逃がしたのは、その者が、巧みに酔わされてしゃべったせいかもしれぬ。昨夜葉山殿から聞いてすぐに問いただしたところ、千成屋を調べに行くのをしゃべったと、言いおった」

「さようでしたか。その与力を、どうされたのですか」

「自宅で謹慎《きんしん》させておる」

「我らが知ったことが、常葉の女将の耳に入りはしませぬか」

「それは大丈夫じゃ、与力が腹を立てて常葉に行かぬよう、見張りをつけておる」

信平はうなずいた。

「近頃、常葉に変わった様子はありませぬか」

「配下の者が何度か酒を飲みに行こうとしたが、客がいっぱいだと断られている。元々繁盛していた店ゆえ、疑いはしなかったようだが、今となってみれば、どうも怪しい。淀屋の正一が、隠れておるやもしれぬ。すぐにでも押し込んで、家探しをしてはどうか」

「いや、それでは神宮路の居場所と鉄砲の在処《ありか》が分かりませぬ。麿の手の者を店に送りましょう」

善衛門が口を挟んだ。

「殿、所司代殿から常葉の場所をうかがい、すでに鈴蔵を忍ばせておりまするぞ」

信平がうなずき、牧野に言う。

「鈴蔵の知らせを待ちましょう」

「承知した」

牧野が膝を進めて上半身を前に出し、声を潜めた。

「ひとつ頼みがあるのだが、部下の失態の挽回《ばんかい》はわしがする。ゆえに、このことは、御公儀には、内密に」

「承知しました」

「恩に着るぞ、信平殿」

「麿も、頼みがございます」

「おお、聞こう」

小声で言葉を交わす二人に、善衛門が口をむにむにとやりながら膝を進め、これみよがしに耳に手を当てている。

頼みごとを言い終えた信平は、驚きを隠せない牧野に、よしなに、という目顔でうなずいた。

牧野は目を泳がせ、戸惑った顔をする。

「それがまことなら、由々しきことじゃ」

善衛門が言う。

「殿、今のはまことでござるか」

「おそらく」

「では、われらも所司代殿と共にまいりましょうぞ」

「いや、それは永井殿に頼む。われらは、鈴蔵が神宮路の居場所をつかみ次第動く。いつでも出られるよう、皆に支度をさせてくれ」

「承知いたしました」

信平は一刻ほど、これからのことを牧野らと打ち合わせ、役目を帯びた永井が、先に屋敷を出た。

善衛門たちが支度をはじめる中、信平は自分の部屋に戻り、鈴蔵の知らせを待った。

この時、鈴蔵は、昨夜のうちに忍び込んだ常葉の屋根裏で、じっと息を潜めていた。

鈴蔵の下の部屋には、菊丸がもたらした情報どおり、淀屋の正一がいる。

死を無駄にはせぬ、と、菊丸に誓った鈴蔵は、飛び下りて淀屋を締め上げ、口を割らせたい衝動を抑え、昨夜からじっとしている。

常葉の女将は、朝まで淀屋と共にいたが、今は階下で店を切り回している。

二階は他にも五つほど部屋があり、普段は客を上げているのだろうが、淀屋がいるせいか、一人も上がって来ない。

静かな二階の一部屋に籠もったままの淀屋は、昼から酒に酔い、高いびきだ。

日が暮れた頃にいびきが止まり、ごそごそ動く気配がある。

襖を開け閉めする音と、廊下を歩む足音がしたが、すぐに戻ってきた。

程なく、別の足音が廊下に響き、部屋に入った。

「お前様」

女将の声だが、そのあとの言葉は聞き取れなかった。泣いているのか、洟《はな》をすする音がする。

「そのように悲しい顔をするな。また会える」

「どうしても、行かれるのですか」

「わたしが行かなければ、あのお方がお怒りになる。我ら商人は、誰が天下を取ろうがどうでもよいのだが、儲《もう》けさせてくれる者には味方をして恩を売らなければ、より大きな財を得られない。分かるね」

「…………」

「次に会う時は――」

「いや」

「おい、離さぬか」

「もう一晩だけ、一緒にいてください」

「そうしたいが、それでは遅れてしまう。な、分かってくれ」

部屋を出る音と、女将が泣き崩れる声がした。

淀屋が動いた。

鈴蔵は屋根裏から出ると、足音を忍ばせて瓦《かわら》屋根を移動し、道を見張った。

程なく店から出た淀屋は、迎えの駕籠に乗り込んだ。

さすがに油断はなく、十数人の用心棒が駕籠を囲み、あたりを警戒しながら夜道を進む。

鈴蔵は屋根伝いに跡をつけようとしたのだが、辻に潜んでいる浪人が目に入った。その者は駕籠が通り過ぎるのを横目に、跡をつける者がいないか目を光らせている。屋根にも目を向けたので、鈴蔵は咄嗟に身を伏せた。

危ないところだった。

どうするか考えた鈴蔵は、屋根から飛び下りて、別の路地を走って先回りをした。そして、路地の暗がりに潜み、淀屋の一行が通り過ぎるのを見送る。程なく、背後を警戒する浪人が遅れて通り過ぎた。

浪人は、駕籠のちょうちんの明かりを頼りに、十分なあいだを空けて付いて行きつつ、後ろを警戒している。

鈴蔵は、浪人の跡を追う形を取るしかなくなり、その者が途中で道を変えて去れば、淀屋を見失ってしまうという不安に駆られた。

だが、それは思い過ごしだった。

浪人は、淀屋を乗せた駕籠が京の町から出ると、跡をつける者がいないと判断し、足を速めて一行に近づき、後ろに続いたのだ。

鈴蔵の存在に気付かぬまま淀屋が向かったのは、大池の湖畔にある屋敷だった。

月明かりも届かぬ暗い林の中に、急に現れた屋敷はかなり大きなもので、塀が長く続いている。

淀屋を乗せた駕籠は、藁葺き屋根の門から入り、用心棒の浪人たちは、来た道を振り向き、背後の警戒を怠らない。

最後の一人が入り、門扉が閉ざされた。

木陰に隠れて見ていた鈴蔵は、信平に知らせるべく立ち去ろうとしたのだが、ふと、気配を察して身を隠す。

すると、黒い人影が門の前に現れ、一瞬だけ中の様子を探る気配を見せると、音もなく走り去った。

「忍び。公儀の者か」

そう察した鈴蔵は、信平の元へ急いだ。

三

老中、稲葉美濃守の使者が所司代屋敷に来たのは、鈴蔵が戻って程なくのことだった。

信平が玄関に出ると、黒装束のその者は片膝をついて頭を下げ、樋口《ひぐち》と名乗った。

稲葉老中の家臣である樋口は、夜明けを待って、淀藩の手勢と大池湖畔にある屋敷を攻めるので、信平と牧野に加勢を頼むべくまかり越したと言う。

信平は返事をする前に、大池湖畔の屋敷に、神宮路がいるのか訊いた。

鈴蔵は、探っていることを知られるのを恐れ、忍び込まなかった。播州獄門島もそうだが、神宮路は探索の手が伸びていると知るや、その場に罠を仕掛けていたので、慎重になったのだ。

ところが樋口は、神宮路が屋敷にいるのは確かだと言う。

領内に入る浪人に目を光らせていた淀藩が、大池湖畔の屋敷に出入りが多いのを突き止め、出てきた浪人のうちの一人を捕らえ拷問《ごうもん》にかけて口を割らせ、神宮路が屋敷にいることをつかんでいたのだ。

話を聞いた善衛門が案じた。

「手荒なことをしたものじゃ。捕らえられた者は、苦し紛れにでたらめを申しておらぬか」

すると樋口は、顔を下げたまま言う。

「信平様の手の者と同じく、我らは、淀屋が屋敷に入ったことにより、捕らえた者が吐露した内容は真実と判断しました。淀藩はすでに動いております。どうか、お急ぎください」

「承知した」

快諾《かいだく》する信平に、善衛門が驚きの顔を向ける。

「殿、罠かもしれませぬぞ」

「ならば、尚《なお》のこと急がねば、淀藩の方々が危ない」

樋口が顔を上げた。

「所司代殿のお姿がないようですが、加勢を願えましょうか」

「所司代殿は、昨夜のうちにお役目で出られた。麿が与力と同心の半数を預かっておるゆえ、率いてまいろう」

「承知しました。では、それがしは先に行きまする」

「淀藩の総大将に、麿の到着を待つよう伝えてくれ」

「国家老殿は功を焦っておられる様子。間に合えばよいのですが」

樋口はそう言うと、早々に立ち去った。

「善衛門、急ぎまいろう」

「はは」

善衛門は奥へ行き、役宅に帰らず詰めていた与力たちに出役を命じた。

信平が所司代屋敷から出たのは、空が白みはじめた頃だ。

牧野から預かった与力二十騎と、同心四十人、弓組、鉄砲組などを加えた総勢百五十人の手勢を率い、大池湖畔の屋敷へ急行した。

「この林を抜けたところに屋敷があります」

鈴蔵がそう言って先に立ち、信平があとに続いて行く。

気配を察した信平が鈴蔵を止め、手勢を止める。

伏兵のごとく林の中に隠れていた者たちが、道の両側から現れた。身体に草を纏うて隠れ、道を通る者を警戒していたのだ。

「淀藩の者か」

善衛門が問うと、いかにも、という返事がきた。

信平が前に出る。

「鷹司松平信平じゃ。加勢にまいった」

「はは」

頭を下げた藩士が道を空けたので、信平は屋敷へ急いだ。

淀藩の手勢が屋敷を囲み、蟻《あり》一匹這い出る隙もない。

信平の到着を知った国家老の阿川嘉六が床几から立ち上がり、頭を下げた。

防具と陣笠を着けている阿川は、狩衣を着けただけの信平にいぶかしげな顔をするも、朱槍を持った厳治や、防具に陣笠を着けた善衛門たちを見て、戦う意志ありと見たようだ。信平に、神妙な顔で言う。

「お待ちしておりました。いつでも攻め込めます」

信平はうなずく。

「中の様子はいかがか」

「到着した間無《まな》しには鉄砲を撃ってきましたが、我らも撃ち返して封じ込め、今は静かなものです。池にも船を回しておりますので、逃げ道はございません」

「ならば、まずは降伏を促してみてはどうか」

信平の提案を、阿川は承諾した。

阿川の与力として付いていた樋口も賛同し、指図を受けた藩士一人が、表門へ行く。

戸をたたき、降伏を促す口上を大声で述べたが、返事はない。

これに慌てたのは、一度淀屋に逃げられている阿川だ。

「静かすぎる。もしや、抜け穴から逃げたか。おい、構わぬから門扉を打ち破れ」

「罠かもしれぬぞ」

善衛門が忠告したが、阿川は聞かなかった。

「こうしているあいだにも遠くへ逃げておるやもしれませぬ。確かめねば。急げ！」

「はっ！」

応じた藩士が、八人がかりで丸太を持って行き、声を揃えて縄を引くと、門扉にぶつけた。

外から見れば、どこにでもある屋敷の木戸門だが、裏には鋼鉄が張られ、閂《かんぬき》も鉄の棒が通されている。

五度、六度ぶつけてもびくともしない扉に、藩士たちの顔に焦りの色が浮かんだ。

「塀だ。塀を越えろ」

阿川が命じたので、鈴蔵が焦った。

中には空堀があるはずだ。

「なりませぬ」

と、言ったその時、門の屋根から鉄砲を撃たれた。

藩士数名が倒され、淀藩と所司代の鉄砲隊も撃ち返す。

だが、早込めができる神宮路側の鉄砲隊は、淀藩と所司代の鉄砲隊の倍の射撃能力がある。

次第に押され、信平たちは、門前から引くことを余儀なくされた。

「あれが、神宮路が密造した鉄砲の真の力なのか」

阿川が愕然とした様子で言い、樋口は、悔しげな顔で敵を睨んでいる。

「これで、中に敵がいることが分かりました。数ではこちらが勝っています。門さえ破れば、我らが有利」

そう言って木陰から走り出た樋口が、塀を越えろと命じる。足下で鉄砲の弾が土を刎ね上げたが、樋口は臆さない。

淀藩の鉄砲隊と弓隊が、門の屋根にいる敵を狙って援護射撃をする中、塀に梯子が掛かった。

鈴蔵が内堀の存在を叫んだが、藩士たちは臆さず梯子を登った。だが、塀の上で躊躇っている。やはり、鋭い穂先が並ぶ堀があるのだ。

下にいる藩士が塀の上の者に叫んだ。

「縄を垂らせ。堀に入って槍をどけよ」

「はは！」

塀の内側に縄が垂らされ、堀に下りようとした藩士たちが、駆け付けた敵に狙い撃ちされて落ちた。

阿川が苛立ちをぶつける。

「このような屋敷に手こずっては、御家の恥。命を惜しまず行け！　堀と門を同時に攻める。かかれ！」

「おう！」

声を揃えた藩士たちが、門へ殺到した。

その中に、頭ひとつ出た大男の厳治がいる。

厳治は、共に走る鈴蔵に顔を向け、勇ましい顔でうなずく。

門を守っていた敵の鉄砲隊は、寄せ手の勢いに押されて次々沈黙し、最後の一人が、頭を撃ち抜かれて落ちた。

丸太を持つ人数を倍に増やし、厳治が最後尾に付き、丸太を押す構えを取った。

「声を揃えて行くぞ」

「おう！」

「それ！」

「おう！」

厳治の大音声に応じた藩士たちが声を揃え、力を合わせて突く。

門扉がきしみ、次の一撃で蝶番《ちょうつがい》が飛び、ついに、打ち破った。

丸太を持った厳治たちが勢い余って前のめりに倒れる後ろで、阿川が叫ぶ。

「突っ込め！」

「おお！」

槍を持った藩士らが門に殺到し、厳治たちに斬りかかろうとしていた敵勢を押し返した。

見守っていた信平が前に出る。

「麿たちもまいろう」

「はは」

信平が走り、善衛門と頼母が続く。鈴蔵が厳治に朱槍を渡してやると、受け取った厳治は頭の上で大きく振るい、信平に続いた。

屋敷内は、外から見るよりさらに広く、母屋とおぼしき建物に行く前に、幾重もの馬防柵《ばぼうさく》が設けられている。

一番槍《いちばんやり》の者が母屋を目指して走る。

堀を攻略した別動隊も次々と這い上がり、母屋を目指して庭を走っている。

馬防柵の内側で待ち構えている神宮路の配下が、十分に引き付けて鉄砲を撃った。

崩れ落ちる藩士を乗り越え、馬防柵を越えて寄せ手が攻めかかる。広場はたちまち乱戦となり、数に勝る淀藩が押しに押し、母屋に到達した。

信平は、善衛門たちと共に敵を倒しつつ、牧野から預かっている手勢を導いた。そして、母屋の表玄関に殺到する淀藩士たちを横目に、表の庭に回った。

庭に面した部屋の廊下には神宮路の手勢が詰め、信平たちが入ったのを見るなり、怒号を吐いて襲いかかって来た。

厳治が朱槍を振るって前に出るや、敵の刀を弾き、腹を突き、足を薙ぎ払って倒し、押し進む。

三人の敵を左門字で倒した善衛門は、頼母と背中を合わせ、囲んできた敵を前に大きな息を吐く。

「佐吉と五味がおらぬ分、少々疲れるわい」

すると、刀を正眼に構えた頼母が、後ろの善衛門を気にして言う。

「わたしは剣が苦手ですから、あてにしないでください」

言うはしから、敵が頼母に斬りかかった。

頼母は刀を受け、必死の形相で押し返す。

ふたたび斬りかかった敵の一撃をかわした頼母は、相手の手首を切断した。

「苦手と言いながら、やるではないか」

褒めた善衛門が、目の前の敵に勇ましい顔を向ける。

「世を乱す悪党ども、家光公より拝領の左門字で成敗してくれる。やあ！」

大音声で迫り、敵を圧倒した。

狐丸を手に乱舞する信平のあとには、十数名の敵が倒れ、苦痛に呻いている。

鈴蔵と共に、神宮路を捜して廊下を奥へ奥へと進む信平は、大池が見渡せる広い部屋に入った。

そこに、用心棒を従えた男がいる。

「淀屋です」

教える鈴蔵にうなずいた信平は、淀屋に鋭い眼差しを向けた。

「神宮路はどこにいる」

すると淀屋は、余裕を見せつけるかのように、表情を和《やわ》らげた。

「まあ、そう怖い顔をせず、一杯どうですか。こないにぎょうさんな兵に囲まれては、わたしらの負けや。逃げも隠れもしまへん」

淀屋は神宮路が好きな酒だと言って、長机に硝子製の器を二つ置き、赤い酒を注いだ。

「毒は入れませんから、一杯だけ、付き合うてください」

ほれこのとおり、と言って、淀屋は器の酒を飲み干し、不味《まず》そうな顔をする。

「翔様はこの葡萄酒がお好きでしたが、わたしは、どうも馴染《なじ》めない」

信平にすすめていた葡萄酒を床に捨てて、椅子に座った。

「お前たち、信平様は宗之介様を倒したお方だ。手を出さないほうが身のためだ。下がりなさい」

用心棒たちは、鯉口を切っていた刀を鞘に押し込み、淀屋の後ろに下がった。

「信平様、こちらに来て座ってください。翔様の居場所を教えますから」

「ここにはいないのか」

「おられませんな、残念ながら。わたしも騙されたようなものです。来た時には、船がなくなっていました。皆さんを引き付けるための、捨て駒にされたのですよ。そんな人をかばうつもりはございませんので、さ、お座りください。知っていることは、すべてお教えしまひょ」

戸口にいた信平は、鈴蔵が警戒する中、歩みを進めた。

淀屋がいる長机の近くまで歩んだ信平は、唐突《とうとつ》に湧いた殺気に、軽やかに飛び上がる。床から槍が突き出たのは、その時だった。

鋭い穂先が、飛び上がった信平の履物の底をかすめ、赤い指貫《さしぬき》を切り裂いた。

宙を舞った信平が降り立つと、目の前に槍が突き出る。

狐丸で穂先を斬り飛ばす信平。

その信平を狙う鉄砲があった。構えている者が瞼を大きく開けて叫んだ。

「死ね！」

引き金を引こうとした時、鈴蔵が投げた手裏剣に喉を貫かれた。

呻き声を吐いて倒れた男から鉄砲を奪った鈴蔵は、険しい顔の淀屋に狙いを付け、動くな、と叫ぶや、筒先を床に向けて撃った。

鉄砲の轟音が消えると、床下から呻き声がして、人が倒れる気配があった。

そこへ、善衛門と厳治が押し入り、牧野の配下たちが、裏手から淀屋を囲んだ。

用心棒たちは淀屋を見捨てて裏庭に下り、牧野の配下たちに斬りかかって逃げようとしたが、ことごとく打ちのめされ、捕らえられた。

厳治が朱槍を振るい、気合をかけて突く。椅子に座っていた淀屋は、目の前にぴたりと止まった穂先に顔を引きつらせ、息を呑む。

「まま、待ってくれ。命ばかりは、お助けを」

信平が歩み寄る。

「神宮路の居場所を教えるなら、命は取らぬ」

「ここを去ったのは嘘ではない。わたしは、ほんまに捨て駒にされたんや」

悔し涙を流す淀屋は、嘘を言っているようには思えなかった。

不安に襲われた信平は、善衛門に顔を向ける。

「神宮路の行方を知るには、所司代殿からの知らせを待つしかないようだ」

「うまく繋ぎが取れるとよいのですが」

「うむ。あとを頼む」

「一人で動いてはなりませぬ。鈴蔵、供をいたせ」

「はは」

信平は鈴蔵を従えて表門に急ぎ、馬を馳せた。

四

大池で淀屋が捕らえられたという知らせは、京から離れていた牧野の元へ届けられた。

牧野が手勢を率いて京を離れてから、二日目の朝のことだ。

この時牧野は、永井と共に、中山道《なかせんどう》を北上していた。

知らせを届けた配下に、馬上の永井が訊く。

「神宮路はいなかったのか」

「はい」

牧野が訊いた。

「信平殿は、今どこにおられる」

「屋敷にて、所司代様の知らせをお待ちです」

「うむ。では、急がねばなるまい。永井殿、彼のお方のことは、この先の関ヶ原《せきがはら》宿で検める。それでよいな」

「心得ました」

牧野は手勢を率いて馬を走らせ、永井と配下たちも従った。

これより半日遅れて、久瀬智長の一行がこの場を通りかかった。

露払いを先頭に粛々と進む行列は、大名ほどではないものの、黒漆《くろうるし》に金箔《きんぱく》の菊の御《ご》紋《もん》が目立つ挟《はさ》み箱《ばこ》や長持《ながもち》などを担いだ者が三十名はおり、牛がのろのろと引く車には、荷が山と積まれ、錦《にしき》の布を掛けられている。

行列は帝の名代《みょうだい》のものだと一目で分かり、街道を行く者たちは、慌てて脇に寄って座り、平身低頭した。

輿《こし》に乗った久瀬は、簾《すだれ》を分けて外の様子をうかがい、付き添う者に不安そうな顔を向ける。

「欣右衛門、無事に江戸までゆけようか」

「ご心配なく。民がおります。堂々としておられませ」

黒塗りの編笠を着けた欣右衛門が、真っ直ぐ前を向いたまま言うので、久瀬は簾を閉じて、居住まいを正した。

やがて行列は、今宵《こよい》泊まる手筈になっている関ヶ原の宿場に入った。

旅籠《はたご》が並ぶ町中を進んでいると、椎の木が見えてくる。そこが本陣だ。

「着きました」

欣右衛門に言われて、久瀬は一息ついた。

「やれやれ、まだ京を発って二日目だというに、酷く疲れた。今宵は、早く休むとしよう」

西の空にはまだ陽があるが、久瀬は気疲れしたようだ。輿に乗ったまま長屋門《ながやもん》を潜らせようとした時、中から、陣笠を着けた侍が、配下を率いて出てきた。

「久瀬卿《きょう》。お待ちしておりました」

「誰じゃ」

　簾を上げた久瀬は、顔を見て動揺した。

「所司代殿ではないか。このようなところにどうして」

「神宮路の一味が姿を消しましたので、街道の探索をしておりました。久瀬卿が立ち寄られると聞き、一言ごあいさつをと思い、お待ち申し上げていた次第にござる」

「ふむ、ふむ、さようか。それは、ご苦労。麿は旅で疲れておるゆえ、堅苦しいことはなしじゃ。このまま失礼する」

　動こうとした輿を、牧野が止めた。

「お疲れのところ申しわけございませぬが、お休みになられる前に、荷を検めさせていただきます」

「むっ」

　久瀬は簾を刎ね上げ、不機嫌な顔を突き出した。

「何を申されておる。これらの荷は、帝が将軍家につかわされる品。たとえ所司代であっても、拝むことはまかりならぬ。下がられい」

「おそれながら申し上げます。神宮路一味が密造した多量の鉄砲の行方が分かっておりませぬゆえ、街道を江戸にくだる荷は、すべて検めるようにとのお達しが出ており

ます る」

「それは、民百姓と大名のみであろう。我は、朝廷《ちょうてい》の勅使であるぞ。いかに公儀の沙汰でも、従えぬ」

「我らは将軍家直参《じきさん》の者なれば、御公儀の沙汰には逆らえませぬ。どうか、ご理解を」

久瀬は息を呑んだ。

「罰当たりな。ありえぬ。あってはならぬことじゃ。我は認めぬ。帝の荷じゃぞ」

牧野が厳しい眼差しを向けて問う。

「帝の荷とおっしゃるなら、お訊ねいたす。京の御屋敷を出立された時より、牛車《うしぐるま》の数が増えておるのは、何ゆえでござる」

久瀬は右の頰をぴくぴくと痙攣《けいれん》させた。

「そ、それは、立ち寄った町で、民から寄進された品じゃ。勅使として江戸にくだる際には、よくあることじゃ。豪商から寄進される良い品は、老中たちへの土産《みやげ》にいたしておる。珍しいことではない」

「ならば、それらは帝の荷ではございませぬな。検めさせていただきますぞ」

「ならぬ。民から渡された品でも、菊の御紋が刺繡《ししゅう》された布で覆われれば、それはもう、帝の荷じゃ。帝の荷に手を出せば、天罰がくだろうぞ」

「天罰を恐れていては、所司代の役目は務まりませぬ」

引かぬ牧野は、ごめん、と、ことわり、自らの手で荷を覆っている布を取るべく、牛車に歩み寄る。

「待たれよ」

久瀬が止めた。

「公儀の命であっても、帝の荷を検めることは許されぬはずじゃ」

「今は、世の一大事でござる。拒まれるなら、力ずくでも検めますぞ」

荷に向かう牧野を、久瀬が睨んだ。

「鉄砲が出てこなければ、腹を切る覚悟はおありか」

足を止めて振り向く牧野が、厳しい顔をして輿に歩み、久瀬を見上げる。

「元より、その覚悟でござる。もしも鉄砲が出た時は、久瀬卿はいかがなされますか」

「むっ」

久瀬の頬が引きつった。

牧野は与力たちに荷を開けるよう命じる。

久瀬が慌てた。

「待て、待ってくれ。民の目がある場で、帝の荷を曝《さら》してはならぬ。荷を本陣の中へ。頼む」

牧野は、懇願する久瀬の言葉を聞き入れた。

「本陣に運び入れろ」

「はは」

「久瀬卿も、中へ」

牧野は、久瀬とその一行を本陣に入れ、門を閉ざした。

牧野が本陣のあるじに命じて表の客間の襖と障子を取り払わせ、久瀬の一行を部屋に集めた。

久瀬を上座に、一行は部屋と廊下に身を寄せて正座し、成り行きを見守った。

そのあいだ永井は、久瀬に供をしていた者たち一人ひとりの顔を検め、神宮路らしき男がいないか捜している。

牛車が庭に引き込まれ、一行が担いでいた荷箱も集められたので、久瀬が立ち上がった。

「牛車の荷だけのはずじゃぞ。話が違う」

牧野は応じず、荷を検めるよう命じる。

与力と同心が、金色《こんじき》に輝く菊の御紋が入った長持の前で、神妙な顔をして立っている。

「不浄役人に触られるとは、屈辱以外の何ものでもない」

久瀬は顔をしかめて聞こえるように声を発し、耐え難いと言わんばかりに目をそらした。

牧野が一瞥し、皆に顔を向ける。

「構わぬ、荷を検めよ」

「はは」

声を揃えた牧野の配下が、長持の蓋《ふた》を開けた。

中を見て目を見張る者、うっ、と、呻いて息を呑む者もいる。

「有りました」

「こちらもです」

次々と声があがった。

長持を含め、久瀬の配下たちが担いでいた物と牛車の荷箱の中には、鉄砲がぎっしり詰め込まれていたのだ。

調べた結果、およそ五千挺もの鉄砲を運んでいたことが判明した。

また、別の牛車に積まれた箱には、二十万両にもなる金銀のお宝が詰められていた。

牧野が久瀬を睨む。

久瀬は青い顔をして座り、唇を震わせている。

「久瀬卿、やはり神宮路に与しておられたか。言い逃れはできませぬぞ」

久瀬が、血走った目を向ける。

「信平か。信平が、見破ったのか」

「そのことは、京で話しましょう。神妙になされよ」

「待て、我は戻れぬ。これらの品を、なんとしても運ばねばならぬのだ」

「戯言《たわごと》を申されますな」

「頼む、聞いてくれ。神宮路が申すとおりにしなければ、京が火の海になる。神宮路は卑劣な男だ。我は、脅されて動いておる。我を見逃せ。我は、徳川よりも、帝をお守りせねばならぬのじゃ。将軍は他の大名でもなれようが、帝の血を絶やすわけにはいかぬ。そうであろう」

牧野は迷った。久瀬の言うことを、にわかには信じることができないのだ。

「今一度お訊ね申す。神宮路に脅されているのは、まことでございますか」

「嘘ではない。我がこれらの品を届けなければ、京に火が放たれるのじゃ」

「…………」

牧野は呻いた。信平からは、久瀬が鉄砲を持っていた時は、何があっても通してはなりませぬと、言われているからだ。

牧野とて、それは分かっている。五千もの鉄砲を手にした軍勢が江戸に押し寄せては、今の幕府に防ぐ力はない。江戸の町が戦火に包まれ、城は落ちる。

牧野は、厳しい眼差しを向けた。

「久瀬卿、脅されて動いておられるなら、神宮路の居場所をお教えください。帝と京は、必ず我らがお守りいたします」

「馬鹿な、神宮路を侮るな。帝が殺されてもよいのか」

「手出しは誓ってさせませぬ。この鉄砲と軍資金が江戸に入れば、徳川将軍家は危うい。幕府が滅びれば、日ノ本はふたたび、戦国の世となりましょう。そうなれば、幾千、いや、幾万の人が死にまする。それだけは、避けなければなりませぬ」

久瀬は肩を落としてため息をつき、やおら立ち上がった。

表情は先ほどまでの弱々しさとは打って変わり、牧野を見下ろす。

「どうしても聞かぬと申すなら、是非もなし。押し通るまでじゃ」

配下が差し向けた太刀を抜刀した久瀬が、牧野に斬りかかった。

咄嗟にかばった与力が斬られ、断末魔《だんまつま》の声をあげて倒れる。

廊下にいた牧野は、庭に転げて立ち上がり、脇差を抜く。

永井が前に出て牧野をかばい、久瀬を睨む。

「おのれ、血迷うたか」

「我は正気じゃ」

「帝のおそばに仕える身でありながら神宮路に与するとは、正気の沙汰とは思えぬ」

刀を構える永井に、久瀬が鋭い眼差しを向ける。

「神宮路は、徳川を滅ぼしたのちは、政《まつりごと》を朝廷に委《ゆだ》ねると申しておる。この世はふたたび、帝のものになる。古《いにしえ》のように、我ら公家が、世を動かすのじゃ」

「本性を出しおったか」

「ふっふっふ」

狂気に満ちた目を見開いた久瀬が、永井に斬りかかった。その太刀筋は凄まじく、永井は受けるのがやっとだった。押し返すと、久瀬はふわりと飛びすさり、薄黄色の狩衣の袖を振るって太刀を真横に向けた。

永井が、険しい顔をする。

「その構えは……」

久瀬が不敵な笑みを見せて下がり、供の者たちが前に出るや、一斉に抜刀した。

構えから手練と見た永井が、鋭い目で睨む。

「貴様ら、さては神宮路の手の者か」

直刀を構える敵が、永井に殺到した。

永井は飛びすさって間合いを空け、向かって来た敵の一人を斬り倒す。

屋根から飛び下りた一斎と配下たちが、永井を襲う敵に斬りかかり、たちまち乱戦となった。

牧野と与力たちも応戦し、久瀬の一味が一人、また一人と倒され、勢いを削がれていく。

座敷で見守っていた久瀬が戦況不利と悟り、配下を捨ててきびすを返す。

奥の部屋に通じる襖を開けた久瀬の目の前に、太刀の切っ先が突き付けられた。その太刀をにぎる者を見て、久瀬が目を見張る。

「ど、道謙様！」

「やはり、こういうことであったか」

久瀬は頬を引きつらせた。

「このようなところで、何を……」

「弟子の手助けよ」

「の、信平の、差金《さしがね》ですか」

「たわけ、お前が怪しいと弟子に教えたのは、このわしじゃ」

怯えた顔で広間に下がる久瀬を追って、道謙が出る。

永井と牧野は、手向かう者を沈黙させ、ことごとく捕らえていた。

道謙に気付いた牧野が、慌てて座敷に上がり、久瀬に刀を向ける。

「手を出すでない」

道謙が言い、久瀬を壁際に追い詰めた。

「お前の父は、世を乱すことに加担するような男ではなかった。お前が色香におぼれ、毎夜酒を浴びて遊び暮らしているのは、わしの耳に届いておった。金銀ほしさに神宮路に取り込まれ、わしが父に授けた雲切丸までも、手放したのか」

「雲切丸を神宮路に渡したことを、どうしてご存じなのですか」

「町の者が、鞘を届けてくれたのじゃ。古より受け継がれてきた宝刀の価値も分からぬ者に渡すとは情けない。父があの世で泣いておるぞ」

「…………」

「帝から厳しい沙汰があろう。それまで、神妙にしておれ」

久瀬は悲痛な面持ちで太刀を下ろし、うな垂れた。

「所司代殿、あとはまかせる」

「承知つかまつりました」

下がる道謙の背中を、久瀬が睨んだ。

「おのれ！」

道謙めがけて太刀を振るい、背中を斬ろうとした久瀬であったが、振り向きざまに振るわれた道謙の一撃に、太刀が根元から折れ飛ぶ。

息を呑む久瀬の首に、道謙の太刀がぴたりと当てられた。

「わしはお前の父に剣を教えたが、どうやらお前は、父からまともに習わなかったようじゃな。信平の足下にも及ばぬ」

「剣など、我ら公家には必要ない。腕の立つ下僕どもを、顎で使えばすむことじゃ」

「欲におぼれ、性根まで腐っておるようじゃ」

太刀の刃を首に向ける道謙を、久瀬が睨む。

「我を斬ったところで、もはや、神宮路は止められぬ。信平とて、弱みをにぎられては、抗えまい」

道謙が目を細め、いぶかしげな顔をする。

「弱みじゃと」

「ふ、ふははは。神宮路が可愛がっていた宗之介を斬った報いじゃ。信平は、大事なものを失う。妻子をな」

「おのれ」

道謙が動揺し、久瀬の首の皮が切れて血がにじむ。

牧野が道謙を止めた。

「殺しては、神宮路の企てが分かりませぬ」

道謙は、久瀬を睨みつけたまま言う。

「神宮路はどこにおる。申せば、命を助けよう」

「知ったところで、もはや止められぬ」

久瀬は言うなり、道謙の刀を摑んで首に当て、力を込めた。血がほとばしり、意識が朦朧《もうろう》とする中で、久瀬は不敵な笑みを浮かべて倒れた。

「愚か者め」

太刀を納めた道謙は、牧野を一瞥し、永井に顔を向けた。

「信平はどこにおる」

「所司代屋敷で、我らの帰りをお待ちかと」

「急ぎ知らせよ。江戸に走らせ、妻子を救わせるのじゃ」

「はは！」

永井と一斎は馬を馳せ、信平の元へ急いだ。

所司代屋敷で牧野の帰りを待っていた信平は、戻った永井から詳細を聞き、目を閉じた。

善衛門が立ち上がる。

「殿、急ぎ江戸に、吹上にお戻りください」

目を開けた信平は、やおら立ち上がる。その目には、神宮路に対する怒りが宿っている。

「馬を頼む」

穏やかに言う信平に応じた善衛門は、所司代屋敷の馬を用意した。

空色の狩衣姿で馬に乗った信平は、狐丸のみを帯び、江戸へ急いだ。

所司代屋敷から駆け出す信平のあとに、善衛門と厳治、頼母と鈴蔵を乗せた馬が続き、京の町を駆け去った。

松、福千代、無事でいてくれ。

京を発って二日二晩、信平はそればかりを念じつつ、馬を乗り継いで江戸に帰ってきた。

五

日が落ちた品川宿《しながわ》を、信平を乗せた馬が駆け抜ける。

白金台《しろがねだい》から広尾《ひろお》に向かい、赤坂《あかさか》に続く坂を駆け上がった馬は、赤坂御門を潜り、紀州藩の上屋敷《かみやしき》を左に見つつ、半蔵門を目指して走った。

「無事でいてくれ」

声に出して馬を馳せた信平が半蔵門に到着すると、篝火を焚いて門を守っていた者たちが、六尺棒ではなく、槍の穂先を向けて止めた。

「鷹司松平信平じゃ。通してくれ」

名を聞いて門番たちは槍を引き、頭を下げた。

すぐに門が開けられ、中にいた門番の頭が出迎え、神妙な顔で頭を下げる。

その表情にただならぬことが起きているのを察した信平は、馬を馳せ、吹上をゆく。

篝火に照らされた道には、要所に兵たちが配置され、物々しい。

やがて、防火のために植えられた銀杏《いちょう》に囲まれた本理院の屋敷が見えてきた。

門前に止めた馬から飛び下りた信平を見て、門番が慌てて大門を開く。

中に入った信平は、石畳を走って玄関へ向かった。

本理院の家来が気付き、信平様のご到着です、と、奥へ叫び、外へ歩み出た。

「何が起きたのじゃ。松は、福千代は息災か」

「…………」

家来は声に詰まり、頭を下げるばかりだ。

信平は玄関へ向かう。すると、蠟燭の明かりの中に、本理院が現れた。

「本理院様、何があったのです」

「松殿が、皆のために……。急ぎ奥へ。さ、早く」

息が苦しくなるのを堪え、信平は履物を解き、式台へ上がって奥へ急いだ。

奥から佐吉の声がした。

「離せ！　離さぬか！」

尋常でない叫びに、信平は走った。

裏庭に面した廊下に行くと、佐吉が本理院の家来たちに囲まれ、離せと叫んでいる。家来たちが押さえる佐吉の手には、脇差がにぎられていた。

「死んで殿にお詫びする。離せ、離してくれ！」

「佐吉、やめよ」

信平の声に、佐吉は動かなくなった。本理院の家来たちが脇差を奪って離れる。すると佐吉は、瞼を見開いた目を信平に向けた。

「殿、お許しください。お許しを……」

額を床に擦《こす》り付ける佐吉の前に座った信平は、部屋の中にある気配に顔を向けた。

肩に血がにじんだ晒を巻いた五味が、お初に付き添われて、信平に泣き顔を向けている。

「信平殿、申しわけありませぬ」

「皆、詫びてばかりでは分からぬ。何があったのか話してくれ。松と福千代は、どこにおるのだ」

五味が洟をすすり、声を震わせる。

「昨日の夜中に、神宮路が現れたのです。我らは力を合わせて戦ったのですが、敵う相手ではありませんでした。半蔵門の警固の者はことごとく手傷を負わされ、本理院様のご家来衆も、死人こそは出ておらぬものの、深手を負われています。そして我らも、このとおり」

佐吉は足に傷を負い、お初も、腕に晒を巻いている。

五味がうな垂れた。

「松姫様は、我らを助けるために、神宮路の前で命を断とうとされました。神宮路は、姫から懐剣を奪《か》い、攫《さら》って行ったのです。何もできなかった。何も……」

信平は、唇を嚙みしめて涙を流す五味に歩み寄り、片膝をついて手を差し伸べた。

「自分を責めないでくれ。悪いのは、神宮路を江戸に来させた麿じゃ。辛い思いをさせてすまぬ」

五味は激しく首を横に振った。

信平は言う。

「佐吉、お初、皆も、自分を責めてはならぬ」

佐吉が泣き、本理院の家来たちは、申しわけなさそうな顔をしている。

信平は立ち上がった。

「松は、必ず取り戻す。お初、福千代は無事なのだな」

「はい」

「それを聞いて安堵した。どこにおる」

「曲者が侵入したという知らせと同時に、本理院様が隠し部屋にお連れされました。今は、糸殿とそこでお休みです」

「そうか」

信平は、安堵の息を吐いた。

「信平殿」

声に振り向くと、本理院が侍女を連れて廊下を歩んで来た。

「たった今、これが届きました」

渡されたのは、神宮路からの文だった。


松姫を預かり候《そうろう》。

今宵、暁《あかつき》八つ《や》(午前二時)、両国橋で待つ。

余人無用。

神宮路翔

読み終えた信平は、文をにぎり潰した。

「佐吉」

「はい」

「命を絶つことは許さぬ。よいな」

「はは」

辛そうな顔で頭を下げる佐吉の肩に手を差し伸べた信平は、空に浮かぶ月を見上げた。

約束の時まで、まだ間がある。

本理院に頼んで部屋を借りた信平は、そこに一人で籠もり、狐丸を前に置いて目を閉じた。

遅れて到着した善衛門たちの声がした。

それにも増して届く大きな声がする。

「信平殿はどこじゃ。婿殿！」

舅《しゆうと》、紀州権大納言《ごんだいなごん》頼宣《よりのぶ》が、松姫のことを知って駆け付けたのだ。

本理院が諫《いさ》めたのか、頼宣の声がしなくなった。

目を閉じている信平は、松姫を案じてざわつくこころを鎮め、来《きた》るべき時に備えた。

一刻が過ぎ、さらに一刻、その時が来た。

目を開けた信平は、狐丸をにぎって立ち上がり、襖を開けた。

次の間には、頼宣を筆頭に、善衛門、佐吉、頼母、厳治、五味、お初が並び、信平を見てくる。

神宮路からの文を手にして目を赤くしている頼宣が、厳しい顔で言う。

「婿殿、必ず姫を、娘を助けてくれ。頼む」

拝む頼宣に、信平はうなずいた。

善衛門が言う。

「殿、せめて近くまで、お見送りさせてくだされ」

「ならぬ」

「…………」

「麿が倒れた時は、松と福千代を頼む」

「殿」善衛門が、信平の口を制した。「言霊《ことだま》と言うではござらぬか。そのような弱気を申されますな。殿は、誰にも負けませぬ」

「麿は、松のためなら命を投げ打つ覚悟じゃ。神宮路のことは御公儀にまかせ、決して、仇を取ろうと思わないでくれ」

「殿！」

信平は頼宣に顔を向けた。

「舅殿、皆を頼みます」

「わしは知らぬ。必ず、二人で生きて戻れ。よいな」

「殿」

「殿！」

「では、まいる」

信平は、追いすがろうとする善衛門たちを留め置き、一人で外へ出た。

ちょうちんを掲げて屋敷を守っていた紀州藩の藩士たちが、信平に道を空けてゆく。

その中を歩んだ信平は、やがて走りだし、両国橋へ向かった。

大川の川下から、風が吹いている。

暁時、人の絶えた両国橋は、欄干《らんかん》のあいだを吹き抜ける風の音しかしない。

月明かりの下、橋の中頃に、人影が三つある。

総髪を後ろで束ね、雲切丸を腰に帯びた神宮路は、腕組みをして橋の西側を見据えている。

その後ろでは、側近の軍司が控え、身体を縄で縛め、猿ぐつわを噛ませている松姫の腕を摑み、静かに時を待っていた。

薄目を開け、朦朧とした表情を下に向けている松姫は、熱に浮かされていた。福千代と信平、皆を案じる気苦労が、身体が丈夫ではない松姫を痛めつけているのだ。

軍司は、そんな松姫を一瞥したが、さして気にする様子はない。

「来たぞ」

神宮路の声に、松姫は顔を上げた。霞む視界の中に、狩衣の袖を風になびかせて走る信平がいる。

言葉を発することができない松姫は、胸の中で信平の名を叫んだ。

不敵な笑みを浮かべる総髪の男の後ろに松姫を見つけた信平は、走りながら、狐丸の鯉口を切った。

信平の殺気に応じた神宮路が、雲切丸の鯉口を切り、前に走る。

狐丸を抜き払う信平。

両者の刀がぶつかり、闇に火花が散る。

すれ違い、背後に迫る一撃を振り向きざまに受けた信平。

神宮路は鉄の鞘を振るい、信平の顔を打った。

「くっ」

痛みに顔を歪めた信平は飛びすさり、切れて血がにじむ口を拭う。

神宮路が、涼しい顔で言う。

「どうした。お前の剣はその程度か」

信平は下がり、松姫を見た。

薄笑いを浮かべた軍司が、松姫の腕を引いて離れる。

神宮路の凄まじい殺気が迫り、信平は、そちらに鋭い目を向けた。

突風のごとく迫る神宮路。

下から斬り上げてきた一撃を飛びすさってかわそうとしたが、雲切丸の切っ先が伸びたと思えるほど、信平に襲いかかる。

紙一重でかわして着地した信平の目の前に、神宮路が迫る。

「むん！」

横に一閃された雲切丸に、信平は右腕を斬られた。

血は滴るが、傷は浅い。

休みなく襲い来る神宮路は、とどめを刺すべく、血走った目を見開いて袈裟懸けに打ち下ろした。

太刀筋を見切ってかわした信平は、一瞬の隙を突く。

胸を突かれそうになり、横に転じてかわした神宮路は、間合いを空けて体勢を整え、太刀を正眼に構えた。

信平は、左足を前に出して横向きになり、左の手刀を立てて神宮路に向け、右手を広げて狐丸を神宮路から隠し、低く構えた。

秘剣、鳳凰《ほうおう》の舞《まい》の構えのひとつだ。

両者のあいだに、死界が口を開ける。迂闊《うかつ》に動いた者が死す、魔の間合いだ。

雲切丸の切っ先を転じて脇構えに変えた神宮路が、凄まじい剣気と共に襲いかかった。

信平も前に出る。

狐丸と雲切丸がぶつかり、火花が散る。

すれ違った二人が同時に振り向き、太刀を振るった。

打ち下ろされた雲切丸に、信平は手首を傷つけられた。だが信平も、確かな手ごたえを得ている。

雲切丸を正眼に構えた神宮路が、唇に笑みを浮かべると同時に足が揺らぎ、欄干にもたれかかった。その足下に、鮮血が滴る。

軍司が松姫を連れて神宮路の前に立ち、信平に鋭い眼差しを向ける。

「刀を捨てろ。殺すぞ」

軍司は、小太刀を松姫の喉に向けた。

松姫は、涙を流しながら信平に何か伝えようとしているが、猿ぐつわのせいで言葉にならない。

だが信平には、妻の気持ちが伝わってきた。逃げて、と言っているのだ。

信平は、そんな松姫に微笑み、狐丸を落とした。

軍司がほくそ笑む。

「翔様、兵どもがお指図を待っています。目障りな信平はわたしが始末しますので、お行きください」

欄干に寄りかかっていた神宮路が、信平に言う。

「わたしに勝ったと思うな、信平」

信平は松姫から目を離さず神宮路に告げる。

「久瀬は捕らえられた。もうあきらめよ」

「ふん。鉄砲などなくとも、二万の兵がいる。江戸を炎で包み、徳川を滅ぼしてやる。あの世で見ているがいい」

大きく息を吐いた神宮路は、欄干から手を離し、本所《ほんじょ》のほうへ歩きはじめた。その先には、人の気配があり、大勢の黒い影が蠢《うごめ》いている。

軍司が信平に言う。

「翔様の兵が来た。翔様が一言指図すれば、あの者たちは町を焼き、城を攻め落とす」

だが、歩んでいた神宮路は、口から血を吐いた。雲切丸を落として両膝をつくと、信平に斬られた腹を押さえてうずくまった。

「翔様！」

叫んだ軍司が、信平に恨みを込めた顔を向ける。

「おのれ信平、貴様も、大切な人を失う悲しみを味わうがいい！」

軍司は松姫を引き寄せて、片手で抱え上げた。

松姫が恐怖に呻く。

「ここから落ちれば生きられまい」

軍司は、松姫を川に落とそうとした。

「やめろ！」

信平は怒りの声をぶつけ、左手の隠し刀を投げる。

胸を貫かれた軍司は、呻き声を吐きながら最後の力を振りしぼり、欄干に近づくと、そこで力尽きた。

信平は走り、軍司の腕から落ちる松姫を受け止め、両腕に抱きしめた。

「このような思いをさせてすまぬ」

猿ぐつわを取り、縄を外してやると、松姫は何も言わずに抱き付いた。

「熱がある」

「大事ございませぬ」

安堵の顔で言う松姫は、信平の腕の中で目を閉じた。

震える松姫を抱きしめた信平は、蠢く気配に背を向け、その場にうずくまった。

西詰から走り来る者がいた。二人のそばに走り寄ったのは、鈴蔵だ。

鈴蔵は、信平と松姫の無事を確かめると、安堵の笑みを浮かべ、暗闇に蠢く気配に鋭い目を向けつつ、呼子《よぶこ》を鳴らした。

両国橋の西詰に無数のちょうちんの明かりが集まり、橋を渡りはじめた。

皆を急がせる頼宣と善衛門の声が、一陣の風に流れる。

頼宣が率いる手勢の明かりが光の帯のように伸びて来るのとは反対に、信平に迫ろうとしていた黒い影が、本所のほうへ引いて行く。

信平は松姫を抱いて立ち上がった。穏やかな顔を松姫に向ける。

「福千代が待っているぞ」

「はい」

松姫は、信平に頬を寄せて目を閉じた。

信平は微笑み、明かりのほうへ歩みを進めた。


神宮路の指図を待っていたであろう浪人たちが江戸から姿を消したのは、翌日のことだった。

老中、稲葉美濃守の命により、神宮路と軍司を成敗した事実が江戸中に触れ回られたことによるものだが、同時に、神宮路を成敗した信平の武勇も、庶民のあいだに伝わり、両国橋の決闘は芝居にもなった。芝居は大人気となり、長年のあいだ大勢の者たちを楽しませたという。

本書は『暁の火花　公家武者　松平信平16』（二見時代小説文庫）を大幅に加筆・改題したものです。

|著者| 佐々木裕一　1967年広島県生まれ、広島県在住。2010年に時代小説デビュー。「公家武者　信平」シリーズ、「浪人若さま新見左近」シリーズのほか、「若返り同心　如月源十郎」シリーズ、「身代わり若殿」シリーズ、「若旦那隠密」シリーズなど、痛快かつ人情味あふれるエンタテインメント時代小説を次々に発表している時代作家。本作は公家出身の侍・松平信平が主人公の大人気シリーズ、その始まりの物語、完結！

暁《あかつき》の火花《ひばな》　公家武者信平《くげむしゃのぶひら》ことはじめ（十六）

佐々木裕一《ささきゆういち》

2024年5月15日第1刷発行

講談社文庫

定価はカバーに
表示してあります

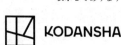

発行者——森田浩章
発行所——株式会社　講談社
東京都文京区音羽2-12-21　〒112-8001
電話　出版（03）5395-3510
　　　販売（03）5395-5817
　　　業務（03）5395-3615

Printed in Japan

デザイン—菊地信義
本文データ制作—講談社デジタル製作
印刷———株式会社KPSプロダクツ
製本———株式会社国宝社

ISBN978-4-06-535715-6

講談社文庫刊行の辞

二十一世紀の到来を目睫に望みながら、われわれはいま、人類史上かつて例を見ない巨大な転換期をむかえようとしている。

世界も、日本も、激動の予兆に対する期待とおののきを内に蔵して、未知の時代に歩み入ろうとしている。このときにあたり、創業の人野間清治の「ナショナル・エデュケイター」への志を現代に甦らせようと意図して、われわれはここに古今の文芸作品はいうまでもなく、ひろく人文・社会・自然の諸科学から東西の名著を網羅する、新しい綜合文庫の発刊を決意した。

激動の転換期はまた断絶の時代である。われわれは戦後二十五年間の出版文化のありかたへの深い反省をこめて、この断絶の時代にあえて人間的な持続を求めようとする。いたずらに浮薄な商業主義のあだ花を追い求めることなく、長期にわたって良書に生命をあたえようとつとめるところにしか、今後の出版文化の真の繁栄はあり得ないと信じるからである。

同時にわれわれはこの綜合文庫の刊行を通じて、人文・社会・自然の諸科学が、結局人間の学にほかならないことを立証しようと願っている。かつて知識とは、「汝自身を知る」ことにつきていた。現代社会の瑣末な情報の氾濫のなかから、力強い知識の源泉を掘り起し、技術文明のただなかに、生きた人間の姿を復活させること。それこそわれわれの切なる希求である。

われわれは権威に盲従せず、俗流に媚びることなく、渾然一体となって日本の「草の根」をかたちづくる若く新しい世代の人々に、心をこめてこの新しい綜合文庫をおくり届けたい。それは知識の泉であるとともに感受性のふるさとであり、もっとも有機的に組織され、社会に開かれた万人のための大学をめざしている。大方の支援と協力を衷心より切望してやまない。

一九七一年七月

野間省一

講談社文芸文庫

石川桂郎
妻の温泉

石田波郷門下の俳人にして、小説の師は横光利一。元理髪師でもある謎多き作家が、「巧みな嘘」を操り読者を翻弄する。直木賞候補にもなった知られざる傑作短篇集。

解説=富岡幸一郎

いAC1

978-4-06-535531-2

大澤真幸
〈世界史〉の哲学 4 イスラーム篇

西洋社会と同様一神教の、かつ科学も文化も先進的だったイスラーム社会において、資本主義がなぜ発達しなかったのか？　知られざるイスラーム社会の本質に迫る。

解説=吉川浩満

おZ5

978-4-06-535067-6

講談社文庫　目録

佐木隆三　身分帳
佐高　信　石原莞爾 その虚飾
佐高　信　わたしを変えた百冊の本
佐高　信　新装版 逆命利君
佐藤雅美　ちよの負けん気、実の父親〈物書同心居眠り紋蔵〉
佐藤雅美　へこたれない人〈物書同心居眠り紋蔵〉
佐藤雅美　わけあり師匠事《こと》の顚末〈物書同心居眠り紋蔵〉
佐藤雅美　御奉行の頭の火照《ほて》り〈物書同心居眠り紋蔵〉
佐藤雅美　敵討《かたき》ちか主殺しか〈物書同心居眠り紋蔵〉
佐藤雅美　江戸繁昌記〈寺門静軒無聊伝〉
佐藤雅美　青雲遙かに〈大内俊助の生涯〉
佐藤雅美　悪足掻《あが》きの跡始末 厄介弥三郎
佐藤雅美　恵比寿屋喜兵衛手控え〈新装版〉
酒井順子　負け犬の遠吠え
酒井順子　朝からスキャンダル
酒井順子　忘れる女、忘れられる女
酒井順子　次の人、どうぞ！
酒井順子　ガラスの50代
佐野洋子　嘘ばっか〈新釈・世界おとぎ話〉

佐野洋子　コッコロから
佐川芳枝　寿司屋のかみさん サヨナラ大将
笹生陽子　ぼくらのサイテーの夏
笹生陽子　きのう、火星に行った。
笹生陽子　世界がぼくを笑っても
沢木耕太郎　一号線を北上せよ〈ヴェトナム街道編〉
佐藤多佳子　一瞬の風になれ 全三巻
佐藤多佳子　いつの空にも星が出ていた
笹本稜平　駐在刑事
笹本稜平　駐在刑事 尾根を渡る風
西條奈加　世直し小町りんりん
西條奈加　まるまるの毬《いが》
西條奈加　亥《いの》子《こ》ころころ
佐伯チズ　新装完全版 佐伯チズ式「完全美肌バイブル」〈123の肌悩みにズバリ回答！〉
斉藤　洋　ルドルフとイッパイアッテナ
斉藤　洋　ルドルフともだちひとりだち
佐々木裕一　公家武者信平《のぶひら》〈消えた狐丸〉
佐々木裕一　逃げた名馬〈公家武者 信平㈡〉
佐々木裕一　比叡山の鬼〈公家武者 信平㈢〉

佐々木裕一　公《く》卿《ぎょう》の罠《わな》〈公家武者 信平㈣〉
佐々木裕一　狙われた旗本〈公家武者 信平㈤〉
佐々木裕一　赤い刀身〈公家武者 信平㈥〉
佐々木裕一　帝《みかど》の刀《とう》匠《しょう》〈公家武者 信平㈦〉
佐々木裕一　若君の覚悟〈公家武者 信平㈧〉
佐々木裕一　くもの頭領〈公家武者 信平㈨〉
佐々木裕一　宮中の誘い〈公家武者 信平㈩〉
佐々木裕一　雲雀《ひばり》の太刀〈公家武者 信平⑪〉
佐々木裕一　決着の鬨《とき》〈公家武者 信平⑫〉
佐々木裕一　姉妹の絆〈公家武者 信平⑬〉
佐々木裕一　町くらべ〈公家武者 信平⑭〉
佐々木裕一　狐のちょうちん〈公家武者信平ことはじめ㈠〉
佐々木裕一　姫のため息〈公家武者信平ことはじめ㈡〉
佐々木裕一　四谷の弁慶〈公家武者信平ことはじめ㈢〉
佐々木裕一　暴れ公卿〈公家武者信平ことはじめ㈣〉
佐々木裕一　千石の夢〈公家武者信平ことはじめ㈤〉
佐々木裕一　妖《あや》し火〈公家武者信平ことはじめ㈥〉
佐々木裕一　十万石の誘い〈公家武者信平ことはじめ㈦〉
佐々木裕一　黄《よ》泉《み》の女〈公家武者信平ことはじめ㈧〉

2024年3月15日現在